三日月書版

三日月書版

楠谷佑
家政夫是名偵探!
冬季解謎與大掃除
2
LN008
三日月書版

登場人物

三上光彌

在家事服務公司〈MELODY〉工作的大一生。
把一頭黑髮在後腦杓綁成一束，全身散發神祕感的美男子。
煮飯打掃樣樣精通的高超家政夫，同時也具備能看穿難解案件背後真相的聰明腦袋。

連城 怜

恩海警局的刑警，階級為巡查部長。
有著一頭短髮與精悍的相貌，是個性格直率的男人。
經常委託光彌來幫忙做家事。
為了解決手上的案件，有時也會借助光彌的能力。

土門

怜的長官，階級為警部補。
把一頭灰髮梳得整整齊齊的紳士，也是模範老公和傻爸爸。

不破

怜的部下，階級為巡查長。
戴著眼鏡的純樸青年，刑事課裡最年輕的成員。

島崎

隸屬於縣警搜查一課的警部補。
無論何時都很冷靜，擁有嚴格的時間觀念。

1

「那我就先下班了——真的可以嗎？」

怜戰戰兢兢地偷覷土門警部補的眼神，土門笑了笑，搭住怜的肩膀。

「喂喂，連城，用不著露出那種愧疚的表情啦。你不是值勤一整晚了嗎？今天本來應該排到你輪休，你工作了那麼久，回去好好休息吧。」

怜深切感受到了上司寬廣的心胸。這種體貼入微的作風，正是土門備受部下愛戴的原因。恩海警局刑事課之所以能成為一支優秀團隊，毫無疑問是因為土門的名望及足智多謀。

「那我就先下班了。」

「嗯，快走吧。我也想打個電話給細君，如果能順便聽聽女兒的聲音就好了。我已經五天沒有跟她們講講話了……」

每次提起妻子與女兒時，土門總是這樣喋喋不休，嚴厲的神情也緩和了下來。怜面露微笑，土門也抓了抓自己的灰髮，臉上浮現靦腆的笑容。

告別還被工作追著跑的同僚們，怜走出了辦公室。

過去這幾天來，刑事課簡直忙翻天了。怜雖然獲得了明天一天的假期，但也正因為如此，讓他對只有自己回家休息的事感到很內疚。

——想是這麼想，不過截至今天他已經連續上班十五天了，疲勞程度已瀕臨極限，所以還是好好休息一下吧。

（然後，一定要趕緊抓到——那個縱火狂！）

現在是空氣開始變乾燥的十一月上旬。

恩海市內發生了連續縱火案，造成人心惶惶。

伶離開警局時，太陽早就已經西下，天上布滿即將進入晚上六點的紫色晚霞。他感覺到日落時間變得越來越早了。

用力轉了轉肩膀後，伶朝自家方向邁步往前走。

（不知道能睡幾個小時……）

一想到這裡，內心自動湧出一股淒涼感。

就算回到家裡，也沒什麼能讓自己高興起來的事。縱使有，拖著一副整晚沒睡的疲憊身軀，也讓人提不起勁去享受娛樂。

正值二十七歲的巡察部長，微妙的花樣年齡。

警察至今仍是一個墨守成規的行業。裡面雖然不乏單身漢，但恩海警局裡比伶年長的人幾乎都已經結婚了。許多人認為，成家立業——真是老派的說法——是獨當一面的基礎。據說如果沒有「品行端正」，對升官等考試會很不利。

伶實在適應不了這麼陳腐的價值觀，可是，他深刻感受到一個人獨自生活很寂寥也是事實。雖說這世上確實有些人喜愛孤獨，但他不屬於那一派。

每次勤務結束踏上歸途，怜在感受到自由的同時，偶爾也會湧現一股「不想回家」的心情。孤伶伶一個人的家、孤伶伶一個人的餐桌、孤伶伶一個人躺著的床鋪，諸如此類的場景會讓他感到非常害怕。

每當這種時候，怜都會想起某個人。

那個人不是他的女朋友，當然也不是家人，更難稱得上是朋友，是個與他之間隔著如此複雜距離感的人物。

那個人的名字叫三上光彌。

那是一個正在就讀大學並同時在家事服務公司打工的青年，亦是一位相當優秀的「家政夫」。

兩人初次相遇，是在今年七月三上光彌來家裡打掃的時候。之後每次見面，怜都能認識到光彌出人意表的另一面。舉例來說，兩人第二次見面的時候，光彌透過怜隨口說出的資訊，猜中了當時恩海警局正在偵辦的案件真相。至於第三次，怜則是在凶殺案現場湊巧遇見了定期去做家政工作的光彌，然後光彌也在那個現場指出凶手的真實身分——

在不可思議的緣分下，怜與光彌不斷碰見對方，彼此也逐漸熟了起來。

（最後一次見到光彌……是在兩個星期前吧。一個單身漢這麼頻繁委託家事服務未免也太那個了……）

怜很喜歡與光彌共處的時光。雖說光彌很沉默寡言，並且態度並不怎麼和善，但卻是一位相當高竿的家政夫。無論是打掃還是煮飯，都能在短時間內完美完成。而且，正因為他不太怎麼表露情緒，所以看到他在意想不到的時刻露出溫和的神色，是一件非常愉快的事。

（過幾天我想再見見他……現在就算了吧。）

怜一邊思索一邊走路，轉眼間就走到了自家前面。他家離恩海警局步行大約二十分鐘，距離相當近。

踏入自家範圍後，怜發現大門屋簷下有一道人影。他納悶地走過去，發現對方是個熟人。

「怎麼了嗎，古藤先生？」

「哦，連城先生，歡迎回家，你回來得正好。」

站在家門前的，是怜的鄰居——古藤邦彥。

自從怜搬回父母家，古藤邦彥便以「鄰居」身分一直與怜來往交流，算是熟面孔了。古藤邦彥將粗硬的頭髮剃成平頭，給人一種冷酷的印象，然而他的雙眼卻透露出溫暖的光芒，是個擁有溫和笑容的老好人。他的性格老實，目前任職於製藥公司。

「其實……雖然我覺得把這件事告訴總是很忙碌的連城先生實在不適合，不過還是想先告訴你一聲。」

邦彥抓了抓粗硬的頭髮，一臉不好意思地開口說。

「其實，我從明天開始要去出差兩天，家裡會沒大人在。」

「咦，你要出差去哪裡？」

「去京都的總公司……然後，讓我傷腦筋的是，我家老媽剛好閃到腰住院了，因此要讓小基一個人留在家裡。」

「啊啊……所以你很擔心對吧。」

邦彥是位單親爸爸，有個小學五年級的兒子。每當他不得不出遠門時，奶奶都會來照顧孫子小基。小基奶奶住在東京——恩海市也算在關東地區內——怜曾見過她來古藤家裡。但如今可以拜託的那位奶奶住院了，小基只能一個人孤伶伶在家。

「所以說，我才想告訴當警察的連城先生一聲，懇請你幫忙看顧一下。」

「嗯，我當然會，而且明天也是我久違的休假日。麻煩你告訴小基，如果遇到什麼事，儘管跑來我家求助吧。」

「真是太感謝你了。」

邦彥朝怜深深一鞠躬。等抬起頭後，他又抓了抓頭髮繼續說道。

「不過，小基都已經十一歲了，才兩天時間而已，縱使沒有一直看著他應該也不要緊。只是我不在家的話，那小子的三餐會一直吃超商便當，這一點讓我很擔心……」

「啊！」

驀地靈光一閃，怜小聲叫了出來。

「既然如此，我可以幫你介紹家政夫。」

「家政婦？不用了不用了。」

邦彥笑著用力擺擺手。

「我們又不是連續劇裡會出現的那種豪門家庭，聘僱那個太誇張了。」

「他們叫做家事服務公司，據說最近很多人都會委託他們上門，像我也曾經委託過他們。無論是定期還是只有單日，都能找他們。一天只要支付大約一萬圓，就能請他們幫忙打掃和煮飯了。」

「咦，真的嗎！我都不知道。」

邦彥饒有興致地摸了摸下巴，同時不停點頭。

「不然，明天方便請對方過來一趟嗎？既然是連城先生推薦的，應該是值得信賴的人才對……」

於是乎，當晚伶打了一通電話給光彌。

2

隔天早上，伶按響了隔壁古藤家的電鈴。

走到門口的是邦彥。距離他出門上班似乎還有一些時間，所以他穿著毛衣配牛仔褲的休閒裝扮前來迎接伶。

「今天我不會進公司，而是直接搭新幹線前往京都。」

邦彥邊從鞋櫃裡拿出室內拖鞋邊說道。

「對了，關於昨天提到的家事服務公司……」

「我已經聯絡好了。啊，對了，小基有說什麼嗎？」

聽到怜這麼問，邦彥曬黑的臉上浮現了苦笑。

「他的反應非常微妙。我跟他說明天會有人來幫忙做家事，結果他回答『我一個人也不要緊的』。於是我說『我總是很忙，沒辦法把家事做完，所以以後可能會繼續請人來幫忙』，結果小基他竟然像個大人似地說『爸爸覺得有需要的話就請吧』……那年紀的孩子真的很難懂呢。」

這次換成怜露出模稜兩可的笑容。他的上司土門也是這樣子，似乎每個充滿愛的父親只要一提到孩子，都會無意識中變得喋喋不休。

「哎呀，抱歉，一直站著和你聊天，請進來吧——對了，那位家政婦幾點會過來呢？」

「我想他應該快到了，因為昨天有說九點到。啊，對了。」

怜心想鄰居大概是誤會了，於是附加說明。

「那位家事服務公司的人是男生，我昨天忘了說這一點。」

「咦——是男生嗎？」

領著怜走在走廊上的邦彥臉色一沉，轉頭看向怜。怜暗想，對方會有這種反應很正常。讓一個外人以管家身分進入自己家裡時，對方是男是女，自然會影響屋主的防備心是高還是低。

「不過你無須擔心。我見過那個人很多次，他是一位值得信任的人。而且……」

怜想起了童話作家被殺害一案。以家政夫身分出現在凶殺案現場的光彌，在面對那戶人家的孩子時態度很親和。

「他也有在家裡有小朋友的客戶家服務，並且很受小朋友喜愛。」

「原來如此……既然連城先生都這麼說了……」

邦彥看起來還沒有徹底放下心中的擔憂，不過還是點了點頭，姑且算是同意了。他打開通往客廳的門。

「小基！連城叔叔來囉！」

怜從邦彥身後走出來，看向坐在沙發上的小基。小基穿著灰色的連帽上衣，靠在沙發扶手上看著書。

「早啊，小基。」

「……早安。」

少年用細若蚊蚋的聲音打招呼，然後他闔上正在看的書，端正自己的坐姿。

因為兩家就住隔壁，所以怜和小基都對彼此很熟，只是雙方沒怎麼說過話。硬要說起來，小基屬於比較沉默的少年，即使怜主動找他說話，他也不太會回應。話雖如此，他並不會無視怜的寒暄，問他問題時也會回應。怜一直覺得，小基應該是個內向的孩子。

怜順著邦彥的引領，在小基對面的沙發上坐下來。

「今天學校放假嗎？」

「呃，是的——因為今天是星期天。」

小基一臉嚴肅地回答。怜發現自己不小心問了一個蠢問題。星期天放假不是理所當然的嗎！

「這樣啊，說的也是。最近我對星期幾已經完全沒感覺了。」

怜不好意思地笑了笑，小基也勾起了嘴角，右臉頰出現一個酒窩。

邦彥幫怜泡了一杯咖啡，怜道謝後喝了一口。在這期間。小基似乎是無事可做閒得發慌，所以撥弄起自己亂翹的頭髮髮尾。不同於父親的粗硬髮質，小基的頭髮非常蓬鬆柔軟，或許是來自母親的遺傳。

「對了，小基，你的扭傷好了嗎？」

怜忽地想起這件事，便開口問道。約莫兩個星期前，他在附近遇到小基時，發現對方左手腕包著繃帶。小基當時說是在上體育課時扭到了手。

「嗯，已經好了。」

小基當著怜的面握起小小的左手又鬆開。

就在怜想換一個新話題的時候，門鈴響了起來。邦彥走到對講機螢幕前進行回應。

『您好，我是經由其他客戶介紹而來的家事服務公司〈MELODY〉。』

「啊，請你稍等。」

怜伸手制止了正要朝門走去的邦彥。

「我去開門吧。」

打開玄關大門後，光彌的身影便出現在視野裡。他的打扮還是沒變，依舊是白襯衫和黑褲子，肩膀上掛著裝了工作用具的大型包包。

「嗨，光彌。」

「早安，連城先生。」

光彌客氣有禮地彎腰鞠躬，綁在後腦杓的亮麗黑髮隨之晃動。

「總覺得好久沒見到你了。」

「是嗎？但我們最後一次見面應該是在兩個星期前。」

光彌的態度還是一如往常地冷酷。說了聲「打擾了」之後，他朝怜低頭鞠了個躬然後走入屋子裡。雖然這裡並非怜的家。

「……連城先生不累嗎？」

光彌一邊脫下鞋子，一邊突然開口這麼說道。怜面露疑惑。

「嗯，還挺累的。你怎麼了，沒頭沒腦地說這個。」

「因為我看到電視新聞了，據說最近這一帶發生了連續縱火案。」

「是啊。目前我們正在調查犯人。」

那些縱火案都是發生在恩海市內特定的某個區域——也就是集中在怜所居住的歌井町附近一帶。

「我想犯人應該是以犯罪為樂的人。」

怜把室內拖鞋放到光彌身前，同時開口說道。

「第一起是發生在十月三十一日星期三，那時候有間拉麵店的直立式布旗被放火燒掉了，大家把它當成一件做過火的惡作劇，也沒在刑事課掀起太大的騷動。可是，四天後的星期日發生了第二起縱火案，犯人的凶狠程度卻上升了。」

「我記得是有某戶人家的庭院被縱火。」

「嗯，沒錯。犯人朝那家太太種在庭院的花草潑灑煤油後點火，很過分對吧？不過，第一起和第二起的縱火地點都遠離建築物，算是不幸中的大幸，可是上星期發生的縱火案就太過……」

第三起縱火案發生在第二起的三天後——也就是星期三晚上。被縱火的地方是PE製垃圾桶。垃圾桶擺在庭院靠近房子屋簷的地方，犯人似乎是先倒煤油進去再縱火，結果火勢延燒到房屋。獨自住在那棟房子裡的老人很幸運地醒過來並逃跑，但房子卻燒毀了一半。

「我們找到的時候，垃圾桶呈翻倒在地的模樣。據說那天晚上有較強的陣風，垃圾桶大概是偶然間被風颳倒，然後滾向房子——不過，差一點就鬧出人命了。」

「所有縱火案都是同一犯人所為嗎？」

光彌走在走廊上，同時開口問道。怜回答「肯定是」。

「因為火災現場全都留下了同一廠牌的火柴盒。那是十年前就已經停止製造的東西，而且最重要的是媒體報導上並沒有說出火柴盒的存在，因此可以把這些案件視為是同一犯人所為。」

光彌閉口不言，陷入了沉思。

（這次的案件八成很難請光彌協助解決吧……畢竟警方都還沒找到半個嫌犯。）

怜一面在心底暗想，一面打開客廳的門。看到邦彥朝這邊走過來，光彌中斷了沉思。

「我是〈MELODY〉的三上，請您多多指教。」

「敝姓古藤，我才要麻煩你幫忙……話說回來，你還真年輕呢。」

光彌擠出一個客套的笑容。他大概已經習慣聽別人這麼說了吧。怜覺得自己在兩人第一次見面時，好像也說過類似的話。

「連城先生告知說『您希望我幫忙煮飯』，請問是煮午餐嗎？」

「唔，這個嘛……」

邦彥把自己要出差三天兩夜的事告訴光彌，希望光彌在這段期間幫忙準備小基的三餐。

「我明白了。」

光彌微微鞠了個躬後，側頭朝小基的方向看去。僵硬地坐在沙發上的小基不知所措地垂頭鞠躬，看起來比跟怜對話時更加緊張。

「請多指教。」

「……請您多多指教。」

光彌先打招呼，小基隨即動作笨拙地鞠躬。或許是因為光彌朝自己兒子露出的笑容很溫柔的緣故，邦彥臉上也浮現鬆了一口氣的微笑。

然後，光彌與邦彥便繼續站著商討起接下來的規劃。怜一邊啜飲咖啡，一邊豎耳傾聽，然後看到光彌恭敬地承諾邦彥會負責烹煮今天的午餐和晚餐，還有明天的晚餐。如果讓光彌中午和晚上分別來兩趟，未免太過浪費時間了，於是邦彥便委託他今天白天打掃家裡。

「我明白了。不過——令郎不介意嗎？」

「小基！沒問題吧？」

邦彥用響亮的聲音詢問兒子。小基的視線不安地游移了一下後點點頭。

「古藤先生，謝謝你的咖啡。」

「啊，杯子請放著就行了，連城先生。那麼，我也差不多要去做出差的行前準備了。麻煩你了，三上先生。」

「好的。」

光彌恭敬地回答。怜朝他揮了揮手，他困惑地露出微笑並鞠躬。然後，怜便離開了古藤家。

（希望光彌和小基能融洽相處……）

怜的心底帶著一絲不安。

3

今天是睽違了將近半個月的休假日，但怜卻覺得閒得發慌。

繼續關在家裡也沒什麼意義，他想了想，決定去散個步順便繞去超商一趟，於是從自家前面走了過去。

（也順便繞去書店看一眼吧……）

可能因為腦袋正在思考這件事，導致怜沒發現腳邊突然伸出一支掃把，害他差一點就被絆倒了。

「嗚哇！」

「唉呀！真是對不起喔。」

丸山千壽子連忙把掃把收回來。這位女士住在怜家的斜對面，年紀約莫五十歲上下。由於兩人的活動時間不同，他們大概已經一星期沒見過面了。

「哪裡，我沒事。早安，丸山太太。」

「早安，連城先生今天休假嗎？」

「嗯，是久違的假期。」

對方看起來會講很久，怜已經做好了覺悟。

千壽子是社區自治會的幹部，在這一帶人面很廣。她也是眾所皆知的長舌婦，附近的傳言大多是從她嘴裡傳出去的。

「最近你一切都還好嗎？天氣真的是越來越冷了呢，現在才十一月，我卻早就把電暖器拿出來用了。關東這一帶的冬季乾燥強風真是討厭死了。」

千壽子雖然嘴裡這麼說，但身上的高領毛衣外並沒有多搭一件外套，看起來一點都不怕冷。雖說今天原本就相當晴朗，溫度也相對比較暖和。

「對啊，天氣突然就冷了起來。丸山太太也要小心別感冒了。」

「哎呀，謝謝你的關心。」

千壽子富態的臉頰上拉出一道笑容，然後再度動起揮舞掃把的手。咦，竟然沒有滔滔不絕地講下去？怜反而感到很意外。而且，對方沒有主動詢問縱火案的消息，也讓他有些在意。以往的話，千壽子絕對會抓著他問個不停。事實上，在第一起縱火案發生後，對方就頻頻詢問他關於調查狀況和有沒有主要的懷疑人物。

「最近我都在忙那些縱火案的調查工作。丸山太太，您那邊有沒有什麼資訊可以提供給警方的呢？」

怜試著由自己主動開啟這個話題，結果沒想到，千壽子卻做出了出人意表的反應。她停下了揮動掃把的手，用吃驚的眼神看向怜。

「你、你這句話是什麼意思？」

可能是剛剛的問法太嚴肅了，怜自我反省過後，重新又問了一次。

「我沒什麼其他涵義。縱火案不是都發生在我們恩海市歌井町附近一帶嗎？身為市民一分子，您有沒有發現什麼不尋常的事呢？」

「這、這個嘛……我想應該沒有……」

千壽子一面支支吾吾，一面拿著掃把無意義地掃著同一個地方。

怜心想，對方的舉動明顯不對勁。莫非喜歡八卦的她得知了什麼危險的消息嗎？警方調查到的情資裡，完全沒有半個可以列舉出來當嫌犯的人，萬一八卦失控，變成四處散布誰誰誰是犯人的謠言，事情就棘手了。打定主意要把消息問出來，怜繼續深入追問。

「如果您知道什麼消息，請務必告訴我，這很重要。」

他認真專注地盯著對方的眼睛。視線原本四處游移的千壽子嘆了一口氣，讓自己冷靜下來，然後緩緩地點了頭。

「那麼，我就告訴你吧。那件事不太方便在這裡講，你可以到我家來一趟嗎？坦白說……」

她的視線投向了位於道路另一邊的白色房屋——也就是怜方才待過的那棟房子。

「古藤家的小朋友做了讓我有點擔心的舉動。」

怜被領進了丸山家裡。

其實怜現在所住的房子，是他出生時就一直生活的家，可是等到他從警察學校畢業開始獨居生活後，他才認識了丸山千壽子。千壽子是在五年前因為老公調職而搬到這裡的，那時候怜還是住在東京的大學生。

「呃，請你稍等一下，我去泡個茶。跟你說，我瑜珈教室的朋友前陣子去靜岡旅行，帶了超好喝的茶回來給我當禮物……」

「不用不用，請不用那麼麻煩。」

怜客氣推辭，但千壽子已經匆匆拿起馬克杯，在廚房裡忙了起來。怜乖乖地坐下來，眺望客廳乾淨整潔的擺設。鵝黃色壁面搭配日本傳統葡萄茶色的百葉窗，顯露出相當高雅的品味；照亮整個客廳的LED燈光潔白耀眼，讓室內空間顯得特別乾淨。

「來，請喝。」

千壽子把茶端到怜的面前，然後自己也坐了下來。她把放在桌上的點心盤推向怜，但怜很在意她剛剛說的話，根本沒心情喝茶。

「所以說，小基做了什麼讓您覺得擔憂呢？和縱火案有關聯對吧？」

「其實我很希望他們之間是沒有關聯的，畢竟古藤先生家的小朋友才十歲左右而已。我真的不想去懷疑一個小孩子，可是我又很在意……」

千壽子看起來仍遲疑不決，於是怜溫和地鼓勵她。

「請丸山太太放心，如果您提供的消息很重大，警方會進一步進行調查的，縱使結果與縱火案無關，也不會有人怪罪您。目前調查工作進展得不太順利，我們很歡迎民眾提供各種消息。」

「真的嗎？既然你都這麼講了……那我就告訴你吧。」

千壽子喝了一口綠茶後開口說。

「坦白說，我在縱火案發生的那天晚上，看到了古藤先生家的小朋友。就是在上星期小木先生家發生火災的那個星期三。」

小木先生指的是獨自住在第三起縱火案地點——一棟被火燒得半毀的房子裡的老人。

「願聞其詳。」

怜挪動膝蓋朝千壽子靠過去。這個消息感覺必須深入了解一下。

「我記得之前好像有說過，我有失眠的毛病。」

「您有說過沒錯。最近有好轉一些嗎？」

上個月，千壽子飼養的黃金獵犬過世了。據說那是她在搬來這裡之前就養了一段時間的愛犬，導致她得了喪失寵物症候群。

「沒有，雖然心情上已經平復了不少，但症狀卻依舊持續。上星期三我也是因為睡不著覺，半夜就在這裡找影片看。我老公他因為公司休假，所以十點就上床睡覺了，至於我看完影片的時間，我想想，大概過了十一點半吧。由於我看完影片還是沒有睡意，便開始翻書櫃想找本書來看。就是那個書櫃。」

她指了指放在電視旁邊的一座矮書櫃。

「結果，我瞄到窗外好像有什麼東西在移動，就停下翻書櫃的動作，輕輕拉開窗簾。然後，我看到古藤先生家的那個小朋友正要走進門裡。那個孩子先東張西望了一下，才悄悄打開玄關大門的鎖走進家裡……」

「失禮一下。」

怜站起身，親身站到窗戶前面。那是一扇可以通往庭院的巨大窗戶。而道路另一邊——也就是怜家的對面，可以看到古藤家的大門以及大門屋簷下的區域。

「據說，縱火案發生的那一晚，是看得到很多星星的晴朗夜晚。」

怜一邊走回座位一邊低喃。

「所以應該不是看錯了。」

「嗯，我看到的確實是那個孩子……但我並不想武斷地認定那孩子真的做了什麼壞事。」

千壽子坐立不安地撥著燙捲的頭髮，同時激動地說著。

「那個晚上，我看到的景象是那孩子正要回家，而不是從家裡出來，因此也沒心思特地在大半夜去找古藤先生。可是，隔天早上新聞就播報說小木先生家疑似遭人縱火，於是我就有些擔心……」

「我明白了。謝謝您告訴我這件事。」

怜朝看起來仍有些忐忑不安的千壽子鞠了個躬。

（小基在半夜外出……不，難道說……）

腦海中浮現出先前才剛見過面的那個靦腆少年的臉。

他不願去想少年與縱火案有關聯，可是……

（那麼晚的時間，小基究竟跑去哪裡了？）

4

光彌在廚房準備午餐的期間，小基就待在客廳裡看著書。他看起來很努力想忘掉光彌的存在。

不管是廚房與餐廳之間的門，還是把餐廳與客廳隔開的拉門，全被徹底打開來。小基拱著背坐在沙發上專心看書的模樣，光彌所在的位置也能看到。

煮好午餐後，光彌走到客廳，把手放到沙發椅背上。

「午餐煮好囉。」

小基肩膀一震，怯怯地抬頭看向光彌。

「謝……謝謝你。」

「那本書是《為什麼冥王星不是行星呢？》對吧？內容很有趣呢。」

光彌一面脫掉〈MELODY〉分發的粉紅色圍裙，一面朝小基展露笑容。小基闔上手上的書本，書背上貼著圖書室的標籤。

「我在你這個年紀的時候也看過那本書。你喜歡宇宙嗎？」

「……喜歡，那個……」

「嗯？」

光彌在沙發旁邊蹲跪下來，與小基視線相對。

「最近，我在其他書上看到一種叫做暗能量的東西，據說宇宙質能的百分之六十八都是由這種暗能量所構成的。不過，人類目前好像還沒徹底查明它的真面目，感覺是一種充滿謎團的能量。」

「嗯。」

光彌抱著快樂的心情，凝視著熱情解說的小基的眼睛。他心想，這個少年應該一直希望有個可以宣洩自己熱情的聊天對象吧。

「我覺得他們真的好厲害喔。以前的人做過各式各樣的研究對吧？他們甚至也知道太陽之所以會東昇西降，不是因為太陽會繞圈圈，而是因為地球在轉動。明明他們已經發射了人工衛星，好像什麼事都弄懂了，事實上卻還有一堆未解的謎團。」

比手畫腳地說了一大堆後，驀地，小基一臉困窘地垂下了視線。光彌親密地拍了拍他的肩膀。

「已經超過十二點了，差不多該吃午餐了吧？你爸爸說我也可以跟著一起吃——你願意嗎？」

「啊，我當然願意。」

小基飛快點頭，光彌站起身說「太好了」。

「我們吃飯的時候，你再多告訴我一些宇宙知識，還有你的事喲。」

用餐期間，小基充滿熱情地訴說著宇宙的種種。

像是彗星與流星的區別、歷代宇宙探查機的特徵等等。

小基說得太投入的時候，常常會忘了吃東西，但最後他仍是把義大利肉醬麵吃得乾乾淨淨。

「我吃飽了——那個，碗盤由我來洗吧。」

「沒關係的，畢竟我是來領薪水做家事的。平日你總是自己動手吧？偶爾休息一下比較好喲。」

小基露出不好意思的笑容，然後朝冰箱走過去。

「那個，請問三上先生是連城叔叔的朋友嗎？」

「朋友……」

光彌把這兩個字複誦了一次，思量了下。

「我們算嗎？連城先生他倒是經常找我去做家政工作。畢竟他是刑警，工作很忙碌。」

光彌想起了今天早上與怜的對話。

「最近好像一直發生縱火案呢。」

小基沉默不語，於是光彌只能隔著肩膀偷看他的反應。少年維持手搭在冰箱門上的姿勢，整個人靜止不動。正當光彌感到納悶時，小基回過神來，拿出紙盒裝的柳橙汁，關上冰箱門。

「對啊。」

小基把果汁倒入杯子裡，然後咕嚕咕嚕一飲而盡。

「感覺有些危險，小基一個人在家的時候也要多加小心喔。上星期的縱火案據說連房子都燒到了，真是殘忍。」

「我不覺得殘忍，畢竟才那種程度。」

「咦？」

這樣的反應讓光彌猝不及防，菜瓜布掉進了水槽裡。小基表情僵硬地垂下頭，沒有把果汁收回冰箱就離開了餐廳。

5

怜站起身並伸了一個大大的懶腰。回到家之後，他便一直埋首於升等考試的準備裡，可惜真正讀進大腦的沒幾個字。因為千壽子的話讓他耿耿於懷。

看了眼客廳的掛鐘，發現時間已經過了下午五點，窗戶外面逐漸被暮色所籠罩。怜走到窗邊掀起窗簾，就在這時候，他看到了光彌從古藤家大門走出來。

怜拉上窗簾衝出客廳，套上拖鞋衝到路上，朝正準備往車站方向走去的光彌背影開口叫道。

「光彌！」

聽到呼喚，光彌慢條斯理地回過身來。他背對夕陽而立的景象美麗得宛如一幅畫。朝怜走過來的光彌一臉納悶，表情彷彿在問「怎麼了？」怜用拇指比了比自己家的方向。

「能不能來一下？」

怜邀請光彌進入自己家，並讓對方在餐桌前落坐。

「我去泡個茶，稍等一下。」

「那個，泡茶的事交給我來吧。」

「不用了。」

怜用手勢制止了準備站起來的光彌，並朝他一笑。

「我今天是以朋友的身分找你來，而非『家政夫』。」

怜轉過身，在餐具櫃裡東翻西找起來，光彌遲了一拍才開口說。

「朋友嗎……」

「怎麼，你有什麼不滿嗎？」

聽到光彌的語氣中充滿驚訝，怜一面苦笑，一面站在流理臺前沖洗剛拿出來的茶杯。杯子是外國製的高級貨，但內側卻有顯眼的茶垢。

「啊……杯子有點髒耶，晚點必須漂白一下才行。」

「不，我覺得還不到漂白的程度。」

不知何時光彌已經走到廚房裡，動作俐落地從怜手中拿過茶杯。

「連城先生，這裡有弄髒也無所謂的抹布嗎？」

「流理臺下方的抽屜裡有……」

光彌拿出抹布，用自來水將之打溼。怜看著對方的動作感到很奇怪。

「你帶了特殊的清潔劑嗎，光彌？這樣的話，我必須付你費用……」

「我不打算使用藥劑。可以給我一些鹽嗎？要食用鹽。」

「可以是可以。」

怜越看越覺得神奇，只見光彌在杯子裡放了一大匙鹽巴後，隨即用抹布搓了起來。把杯子大致搓了一遍後，他用清水把鹽沖掉，然後將杯子朝怜的方向傾斜，給對方看成果。這個杯子變得閃閃發亮，如同全新的一樣。

「咦！這也太厲害了吧！」

「只要加鹽進去搓一搓，就可以輕鬆搓掉茶垢了。只不過這種方法洗不掉頑強汙垢，而且有些杯子用鹽搓洗會造成刮傷，所以要視情況而定。」

光彌不經意間發揮出的家政夫實力，一如既往地讓怜嘖嘖稱奇。

之後，兩人泡好茶坐到了椅子上。

「小基還好嗎？」

怜開口詢問，正端著杯子喝茶的光彌抬眼回視他，慢條斯理放下杯子後才回答。

「他的腦袋相當聰明。」

雖然用聰明來形容有些生硬，不過怜心想，這兩個字確實很恰當地形容了小基這個孩子。然後，他想起了千壽子說的話。

（聰明的小基為何會在半夜……）

怜注意到，光彌正一臉訝異地看著他。

「怎麼了嗎，連城先生？」

「啊，沒事。在你看來，小基他……有沒有什麼煩惱或遇到傷腦筋的事呢？因為你們年齡比較接近，所以應該比我更懂那方面的問題。」

「我們的年齡……我覺得應該不算接近。他說他是十一歲，我們現在差了七歲。」

初次見面的時候，光彌便說過自己是三月出生。

「我和你現在差了九歲吧。因為我今年的生日已經過了。」

「所以連城先生是二十七歲對吧，我現在才知道。」

「不然你原本以為我幾歲啊。」

「我從來沒想過這個問題……你的生日是幾月幾日呢？」

「四月八日。對了，你是三月幾日出生的？」

聞言，光彌惆悵地垂下視線。

「我實在不太想說……是二十八日。」

「咦？又不是什麼奇怪的日子。」

「是三月二十八日耶，你敢相信嗎？竟然是諧音雙關語。」

「啊啊，原來如此……和『光彌』的念法一樣。」[1]

怜不禁笑了出來。光彌露出一點都不覺得好笑的表情，假咳幾聲。

「回到剛剛的話題……連城先生為什麼注意小基呢？」

犀利的質問讓怜一時語塞。千壽子原本就擔心自己的證詞引來麻煩，倘若被她知道他把她的話告訴外人，她肯定會覺得他完全毀約了。可是——

（光彌已經察覺到我在注意小基了。況且，他先前也展現過好幾次不同凡響的推理能力，如果是他的話……）

雖然這麼想很自私，但怜實在不想瞞著對方。

於是，他把自己從千壽子口中聽到的有關小基的目擊證詞，鉅細靡遺地告訴光彌。光彌一邊喝茶一邊聆聽，等怜說完後，才不疾不徐地開口。

「其實，我這邊也發現了讓人在意的事。先前我和小基聊天時，恰巧提到了縱火案的話題，結果小基說了很奇怪的話。」

光彌詳細描述了當時的情況。

1　光彌的日文發音是 mitsuya，與三二八一樣。

——我不覺得殘忍，畢竟才那種程度。

如果是對縱火案的感想，講這種話未免太過冷漠無情了。小基究竟是抱著何種心態說出這句話的呢？

「看來有必要稍微調查一下小基了。」

「你覺得犯人是他嗎？」

被光彌如此尖銳一問，怜一時無言。目前他還不認為小基就是真凶，但如果不是懷疑小基，又為何要調查他呢？

「我不知道，現在還無法斷言……你那邊有沒有想到什麼疑點呢？」

「這個嘛……三起縱火案的凶狠程度不一，這點讓我很在意。」

怜察覺到他的言外之意。

「你說的沒錯，在連續發生兩起不必擔心有人傷亡的縱火案後，案情突然演變成房子半毀的大火災……難不成犯人是故意的嗎？火勢會蔓延到房子這一點，是在犯人的預料之內嗎？」

光彌沒有馬上做出回應，只是直直盯著怜的眼睛看。在他那細長雙眼的凝視下，怜產生了一點畏縮之意。

「我也不知道。不過，小基所說的『我不覺得殘忍』的冷血評論，是單獨針對第三起縱火案。也許，在第三起縱火案裡燒毀的那戶人家與小基之間有某種糾葛也說不定。」

「糾葛……你的意思是說，前兩起縱火案其實是障眼法？犯人真正想縱火的目標是第三起的那戶人家？然後，運氣好的話犯人想燒死裡面的住戶？」

「我才沒說那麼多。有人似乎想把小基塑造成窮凶惡極的犯人呢。只不過犯人不是單純以犯罪為樂，我覺得對方說不定是有計畫性地選上那三個地點。連城先生要不要以小基的行動為根據，重新調查這一連串的縱火案呢？」

聽光彌這麼說，怜點了點頭。

「我會試試看。」

6

隔天，怜和平常一樣前往恩海警局。

在局內還很資淺的怜遵照論資排輩的傳統，提早過來上班。當他與同樣資淺的不破巡查長一起為刑事課進行打掃時，資深前輩們一個接一個抵達辦公室。

「早安，連城。」

土門也出現在辦公室，並開口朝怜打招呼。怜雙手拿著拖把朝對方鞠躬。

「早安，土門前輩——那個，我有點事想告訴您，請問您方便嗎？」

土門露出有些嚴肅的表情點了點頭，怜立刻把清掃用具收起來，回到上司旁邊。

「其實，昨天我從鄰居那裡聽到了一些讓人在意的消息。」

他把丸山千壽子針對小基的目擊證詞說了出來，聞言，土門眉頭皺了起來。

「這些證詞頗讓人掛心。在縱火案發生的那一晚外出——只靠這一點就判斷犯人是誰也太隨便了。不過，那孩子還只是小學生吧？正常來說，光是過了十一點還外出遊蕩的行為，就該把他列為輔導對象了，我們不能忽視這件事。」

「是。我是小基的鄰居，知道他是個好孩子，所以才更感到擔憂。」

「你找那個少年的父親詢問過了嗎？他們父子兩人住在一起，如果有什麼狀況，當父親的應該知道吧？」

昨晚，怜已經打了電話給邦彥。

「有人報警說，上星期三看到小基在外面遊蕩。我知道小基不是會做壞事的孩子，但身為員警我不得不找你進行確認。你知道原因嗎？」

怜以這樣的方式詢問對方，結果邦彥用震驚的聲音說不知道原因、沒有頭緒，然後——

「對方說……『每個星期三我都會提早回家，然後晚上十點就寢，小基也會在同樣時間上床睡覺。如果他是在那之後才外出，我就發現不了』。」

「原來如此。」

「我實在無法相信他就是縱火的犯人……我該怎麼做才好呢？」

怜的話語中帶著消沉，土門嘴角勾起沉穩的笑容。

「嗯，畢竟在這次的縱火案裡，我們找不到一丁點犯人的蹤跡，目前完全是束手無策。你和當地居民有往來，能不能用你的角度從第一起縱火案開始重新調查一遍呢？你願意嗎？」

對想調查案件想得心癢難耐的伶來說，這個提議真讓人喜出望外。

「是！我很樂意去調查！」

職場不可或缺的就是一位可敬的上司。伶深有所感。

＊＊＊

事不宜遲，伶與部下不破一同立刻前往歌井町附近打探消息。

然而，他們也並不是漫無目標地一家一家拜訪過去。第一步是先拜訪遭到縱火的住家及店鋪，再次對那些人進行偵訊。他們最先拜訪的是直立式布旗被人焚毀的〈柴拉麵〉。

〈柴拉麵〉離恩海車站約五分鐘的步行距離，而從這家店到伶的家——也等於是古藤家——大約要步行五分鐘。這家店開在偏離站前大馬路的某條道路上，有著黑色外牆的它才剛蓋好沒多久。伶是第一次走進這家拉麵店。

「真的是給我們造成了很大的麻煩耶。我不知道是哪個白痴幹的，但那傢伙不知道惡作劇也要有個限度嗎。」

麵店老闆姓柴，一邊拿著大湯勺在大鍋子裡來回攪拌一邊氣憤地說。他正忙著做開店前的準備，店裡還沒有客人進來。伶與不破隔著充滿油垢的櫃檯聽柴老闆說話。

「老實說，我在叛逆期的時候也做過各種壞事，但我從來沒想過要去別人家裡放火。最近的年輕人已經無法分辨哪些事情能做哪些不能做嗎？」

「咦？您覺得犯人是年輕人嗎？」

不破追問道。怜也把關於小基行蹤的目擊證詞告訴了他，因此他才會對老闆的話有所反應。

「我怎麼會知道。不過，會做那種蠢事的都是年輕小伙子吧？刑警先生，麻煩你們快點把人抓起來好嗎！聽說前陣子還有房子被燒掉了對吧？犯人是瘋了嗎。自從發生縱火案之後，每晚我都要把直立式布旗收進來，簡直麻煩死了，搬重石搬得我的腰好痛。」

老闆一邊抱怨個不停，一邊切蔥花。他的手指雖然很粗，但指尖卻很靈活。

「原來如此，犯人可能是年輕人，或者是小孩子。請問您有在附近看到過可疑的少年嗎？」

怜利用對方的成見大膽提問，但成效不彰。柴老闆用手背搓了搓肥厚到與脖子連成一線的下巴，搖了搖頭。

「沒有，這附近又沒有學校。」

之後，怜與不破又問了一些問題，卻還是沒獲得新情報。

「在您百忙之中前來打擾，真是抱歉。以後我們或許會再前來打擾——」

「咦，你們要走了嗎？我現在正好備完料了，不嫌棄的話來吃一碗吧？」

怜兩人客氣有禮地告辭，離開了這間散發出香氣的拉麵店。

他們立刻前往第二起縱火案的現場。從〈柴拉麵〉步行到那裡大約十分鐘。

路上，怜心底悄悄出現了不祥的預感，因為古藤家的位置幾乎就在〈柴拉麵〉與那戶人家之間的正中間。兩個縱火現場都距離古藤家五分鐘的距離——這只是湊巧嗎？

＊＊＊

「這件事真的很過分……太過分了。」

與柴老闆相反，照井秋代聲音中透露出的悲傷遠大於憤怒。怜順著她的視線望過去後，心想對方會有這種反應也是天經地義。照井家的庭院被燒毀的面積超過一半，栽種在這個庭院裡的各種植物都被人潑了煤油後再放火，殘忍地燒得一乾二淨。

這起縱火案發生在十一月四日星期日晚上的十一點半過後。案件發生當時，丈夫照井先生已經就寢，據說太太秋代在洗手間時，發現窗外有奇怪的火光，便通報了消防隊。

秋代與在化學公司工作的丈夫一起住在這裡，本身每個星期會去超市工作四天。今天她沒有排班，怜兩人按了門鈴後，她立刻前來開門。秋代的年齡看起來大概四十出頭，不過那一頭燙捲的深紅色頭髮讓她顯得年輕好幾歲，身上穿著白色長版針織上衣配內搭褲，打扮得很時尚。

怜與不破告訴秋代他們是為了調查縱火案而來，秋代走到庭院裡，說出了方才那句話。

「我能體會您的心情。那些花草都是您精心培育的吧？」

怜的話語中，包含了對先前活在這個庭院裡的花花草草的哀悼之意。秋代沉靜地點點頭。

「不久前秋水仙到了最美的盛開時期，杜鵑花也正要開始開花了，原本三色堇應該在這時開得正旺，結果全部都……被燒光了。」

縱火案發生後已經過了一星期，秋代似乎沒心情去整理，四處仍布滿了花草們的焦黑餘燼。取代支架的塑膠棒已經融化，黏在了磚塊上。

「這麼說對柴老闆很失禮，不過從拉麵店的直立式布旗到這裡，凶狠程度一口氣增加了好幾倍呢。」

不破說了這麼一句話。秋代不解地皺起眉毛。

「是啊。不過正如兩位所見，這片庭院離房子有點距離。」

她說的沒錯，被燒毀的區域是接近道路的那一側，離住家有一段距離，並且庭院面積很大，與房子之間還砌了石板路。

「因此火勢沒有延燒到房子，犯人的想法大概是想稍微惡整一下被縱火的目標吧？可是，這些花朵們就像是我的孩子……」

怜不知該如何回應對方，心底正在猶豫的時候，不破大聲喊道：「說到孩子！」

「最近兒童的不良行為越來越多了，我們警察也很傷腦筋說。照井太太有沒有在這附近看到做壞事的少年呢？」

這是在騙人吧！怜目瞪口呆。恩海市內並沒有發生很多兒童的不良行為，縱使他們警察不方便直接詢問小基的事，也不該使用這種手段。怜暗道，等一下要罵不破一頓。

「兒童的不良行為嗎？」

不破不惜說謊進行誘導，但秋代卻似乎毫無頭緒。

「我們這裡離國小很近，但路過的孩子們全都是好孩子，不會破壞花壇，反倒是動物比較常造成我們的麻煩。如您所見，因為我們沒有圍牆，所以有很多動物會在散步中途來大便，或是吃掉花朵。像是丸山太太先前養的狗狗……還有……」

秋代沉默了一會兒後，欲言又止地抬頭看向怜。

「怎麼了嗎？」

怜催促秋代繼續說，秋代才遲疑地開口。

「方才兩位刑警先生說正在一一對火災現場進行調查對吧？如果見到了小木先生，能不能麻煩兩位勸告他一下呢？」

小木——第三起縱火案的被害人。

「勸告什麼呢？」

「那位老先生散步時，老是把菸蒂丟到這片庭院裡。我很擔心，要是引發火災的話該怎麼辦，但又因為害怕而不敢勸告他……」

抱怨到這裡，秋代忽地沉默了下來，然後語帶寂寞地低喃。

「啊，但事實上已經被燒光了。對不起，已經用不著說了……」

她不好意思地笑了笑，用手指將濃密的頭髮往後梳。

「那位老先生真的很讓人頭痛呢！房子被燒是很可憐沒錯，但希望他可以藉著這個機會改過自新，畢竟這裡有一大堆人都因為他傷透腦筋了。四年前不是發生過救護車的衝突嗎？原以為經過那件事之後，他應該會自我反省一番，結果卻是一點改變都沒有。他到底有沒有良心……」

「您說的救護車是？」

不破拿著記事本反問道。

「唉呀，我以為恩海警局的人應該知道。因為你們都還年輕吧。」

四年前的話，就是怜從大學畢業的那一年，當時他住在警校的宿舍裡。不破的話，當時應該還是學生吧。

「我記得那件事發生在四年前的聖誕節吧。我們歌井町某戶人家的太太突然昏倒了，於是先生叫了救護車來，想把太太送去恩海綜合醫院。據說太太當時命在旦夕……這一帶有很多車輛無法交會的窄巷，救護車一邊祈禱不會碰到對向來車，一邊想開到大馬路上去。」

秋代用充滿磁性的嗓音述說這段往事，怜與不破都聽得入神了。

「可是，就在救護車再差一小段就能駛入大馬路的時候，對面卻出現一臺什麼都不知道的對向來車。雖然那臺車的駕駛連忙想往後退，但因為後面就是大馬路，所以退不出巷子。不過，也因為那臺車往後退，救護車才能有機會駛入右手邊民宅的大庭院。可是萬萬沒想到……」

「那戶民宅該不會是……」

不破似乎預測到她想說什麼，用顫抖的聲音說道。

「沒錯，就是小木先生的家。當時小木先生正在庭院裡養護盆栽，看到救護車打算開進去，據說他當時一臉難以置信地擋在半路上，大叫說『這是我的庭院，不准壓壞草皮，那是我才剛移植好的』。」

怜瞠目結舌。縱使是自己剛移植好的草皮要被壓壞了，也不會有人因而去擋住大聲鳴笛的救護車的路吧？至少他就辦不到。

「救護人員不管怎麼拜託，小木先生就是不肯讓路，但如果繞遠路的話，又會多耗費好幾分鐘，所以聽說當時救護人員粗魯大喊『現在性命攸關耶』。雙方的爭吵聲響遍了那一帶……後來小木先生大喊了一句類似『你們給我記住』之類的話之後，就把自己關進屋子裡了。救護車雖然終於可以前進了，但還是在那裡耗費了一分鐘，不，是兩分鐘吧。」

「……那麼，救護車所載的那位太太呢？」

怜一問，秋代便長長地嘆了口氣，同時搖搖頭。

「沒有救回來。據說是蛛網膜下腔出血……當然，小木先生縱使當時立刻出借庭院，也不見得就能把人救回來。」

「竟然會有這種事！」

不破感到很氣憤，秋代點頭回應「嗯」。

「那個太太真的太可憐了，雖然我與那戶人家並未直接認識……她叫什麼名字呢？她有個當時才剛上小學的孩子，還活著的丈夫據說現在一個人獨自撫養那個孩子。」

「咦……」

怜不禁發出驚呼。

因為，母親大約在四年前過世、孩子今年升上國小五年級的單親父子家庭，他認識一個。

——第三起縱火案中那棟燒毀的房子裡，住著小基母親的仇人。

7

「這裡也是五分鐘啊……」

站在小木靜夫家前面，怜嘆著氣低語。不破愣了一下。

「咦，什麼五分鐘？」

「是從小基家到各個縱火案現場的所需時間。當然不是每個地點的距離全部完全相等，可是都很接近。」

「如果是由同一犯人所犯下的連續案件，當事人的犯案時間與地點在無意識中會遵循某一種規律對吧。所以說……」

不破不知道該不該繼續往下說而支支吾吾了起來，視線則往前方看去。

「可是，房子燒得好嚴重。」

事實確實如他所言。這棟日本傳統木造住宅面向馬路的那一側已經燒毀坍塌，大門崩垮，炭化的橫梁及柱子裸露在空氣裡。遮擋的塑膠布聊勝於無，無法將這一片被火燒過的不幸痕跡徹底擋住。縱火案發生後已經過了五天，空氣中卻還有一絲焦臭味。

「小木先生自傲的草皮也都燒焦了。」

怜踢了踢地面示意道。原本放在這裡的垃圾桶被人放火，然後垃圾桶翻倒，火勢延燒到房子。黑色焦痕從垃圾桶一路蔓延到斜前方的房屋。

「我們來是來了，但關鍵人物小木先生現在住在飯店裡吧。地點已經確認好了，我們可以——」

「喂，你們在做什麼！」

一道沙啞的男性嗓音響徹這個空間，打斷了怜的話。

「這裡是我的庭院！不准擅自進來！」

一個老人從停在庭院前方的計程車上走下來，一邊怒吼一邊靠近。那雙凹陷的眼睛狠狠瞪著怜兩人，瘦骨嶙峋的臉上充滿憤怒之色。鼻梁上那副帶著書香氣息的圓框眼鏡非但沒有柔化這位老人的表情，反而更加給人一種不好伺候的印象。

這個人正是讓人頭痛的老人——小木靜夫。

「我不過是回來拿個換洗衣物，就遇到這種事。你們這些湊熱鬧的人簡直就跟蒼蠅一樣，前仆後繼沒完沒了！」

「不好意思，我們是恩海警局的刑警——好痛！」

不破拿出警察徽章後，被人用拐杖打落。

「我管你是刑警還是誰，全都一樣！最近你們不是在我家四處亂翻，結果什麼都沒找到嗎？啊啊？你們還在這裡到處打聽嗎？我什麼虧心事都沒做，不信你們可以去附近鄰居那裡探聽！」

說完一個又一個的抱怨後，老人用力咳個不停，然後拿大衣袖子擦了擦嘴巴後繼續說道。

「明明已經連續發生過兩起案件了，都怪你們放任犯人亂跑，才會搞成這樣。啊？你們要怎麼負責？我可是差點就死了。結果發生了這麼大的火災，你們卻還是沒抓到犯人嗎？哼！一群稅金小偷！」

「我們警察正竭盡全力進行調查。」

怜態度堅定地說道。被人罵得這麼難聽，他也無法繼續保持謙虛的態度，朝冷哼著從旁邊走過去的老人進行反擊。

「不好意思，凶手縱火的目標並不一定是隨機亂選的，請您日後也要多加小心。」

小木停住腳步，氣色糟糕的臉上浮現青筋，他轉頭看向怜。

「你說這話是什麼意思？讓人聽了真不爽，開什麼玩笑！你是說犯人故意針對我嗎？你的意思是我做了什麼招人怨恨的事，所以才會被縱火嗎？胡說八道，你們這些廢物！既然如此，你們就快點去把犯人抓起來！你們是公務員吧，不要混水摸魚！給我滾出去！」

兩個刑警就這麼被老人用拐杖轟出庭院了。

＊＊＊

「那個老先生也太過分了吧。如果我們要保護的市民是那副德性，刑警的工作就失去意義了。」

不破走在怜的旁邊，嘴裡抱怨個不停。怜以前輩的身分安撫他的情緒。

「他並不是市民的代表，你應該想想柴老闆和照井太太。在警方應該早點抓到犯人的這一點上，小木先生的指責並沒有錯。」

「可是，我們也可以說已經抓到了，不是嗎？」

「你這句話是什麼意思？」

怜拔高了嗓音，讓不破停下腳步。

「咦？因為……呃，連城前輩的鄰居……」

「我們還無法確定小基就是犯人。」

怜突然大幅降低了音量。歌井町路上的行人雖然稀少，但為了以防萬一，這些話不能被其他人聽到。

「可是，動機的部分……」

「冷靜一點，我們還無法確定犯人的目標是小木先生。但假設真的是他，也是因為他的行為引來一堆人怨恨……啊，是我失言了。」

「雖然連城前輩總是很冷靜地執行勤務，不過偶爾又充滿人情味呢。」

「我知道自己還不夠理智冷靜。唉，真是傷腦筋……」

怜抓了抓頭髮，希望自己能像光彌那樣冷酷。

兩人手上拿著其他調查人員已經打探完畢的住戶名單。接下來，他們要對剩餘的住戶一一進行探查，這是一項很累人的作業。

今天是星期一，所以很多住戶家裡都沒人，不過還是有年老的夫妻、家庭主婦和公司休假的人等等一些人在家。但遺憾的是，他們完全沒問出任何疑似線索的消息。

下午三點左右，怜兩人都覺得有些餓了，便順路去了一趟超商。他們坐在用餐區，花五分鐘把便當吃進肚子裡。「吃飯速度快」也是警察必備的天賦之一。

他們獲得重要證詞，是在吃完午餐後拜訪到第三個住戶時。

那是一棟外牆塗成黃色的廉價公寓，看起來很像是學生族和上班族的住所，怜覺得白天應該不會有人在家，結果還是有一個住戶做出回應。

一個皮膚蒼白的青年睡眼惺忪地出來應門。他臉上有顯眼的鬍渣，運動服的胸口處是敞開的。怜感覺到，對方無論是穿著還是生活態度，都與當警察的自己完全相反。

「呃，請問是猿木先生嗎？」

怜叫出門牌上顯示的姓氏，青年回答「是的」。

「我們是恩海警局的刑警，正在調查最近發生的連續縱火案。我們想請教您關於上星期三晚上的事情。」

「咦，咦，什麼？我被當成嫌犯嗎？」

青年瞪大了厚重眼鏡底下的雙眼。

「不，不是那樣的。我們正在搜集資訊，換句話說，就是希望歌井町的居民可以無條件提供資訊。」

「啊，是喔，嚇死我了。」

「那麼，上星期三晚上——」

「啊，星期三是吧。我在超商上夜班，星期三剛好排班，從晚上十點上到早上五點，所以我人一直在車站前的那家FRIENDS裡。」

這裡的FRIENDS，指的是擴展到全國的連鎖超商〈FRIENDS MART〉。

「這樣嗎——為了謹慎起見，我們想請問您那天晚上有沒有看到奇怪的人去超商呢？」

「車站前的店本來就會常常遇到不良分子。像是先前有醉醺醺的白痴學生在店裡吐了一地，還有，買了便當的老爺爺……」

「我是指星期三晚上。」

怜阻止猿木越講越離題，猿木露出無趣的表情抓了抓頭髮。

「不，我沒印象。」

「是嗎？那十一月四日呢？那是發生第二起縱火案的日子。」

怜問這個問題其實是死馬當活馬醫。畢竟時間已經過了一個星期，迄今為止都沒有告訴警方的話，八成也從記憶裡刪除了吧。

正當怜這麼想的時候——

「啊——四日嗎？是星期天吧。我記得，我記得，因為那天是我國中時代朋友的婚禮。」

猿木回答得很乾脆。雖然希望不大，但怜還是進一步問道。

「當晚您有沒有在這一帶看到奇怪的人呢？」

「呃，等等喔。我是在晚上十一點左右抵達恩海車站的，然後醉得神智不清……」

「您有沒有在路上遇到小孩子呢？」

不破的問法十分露骨。怜想斥責部下，但在他開口前，猿木敲了下手掌說「啊，有、有」。

「我有遇到，是一個大概讀國小的小男生。我很害怕，搞不懂那麼晚了他想做什麼。」

「請您再說得詳細一點！」

怜身體向前傾，猿木畏縮地往後退。

「我想想……是在我從車站回家的路上吧。在往這棟公寓走的時候，我意識到自己因為酒醉而無法好好走路，結果那個小朋友從我身後小跑步著過來，而我又站不穩，我們兩個就撞上了。」

猿木很困窘地托了托眼鏡。

「然後，這副眼鏡就被撞飛了。那個小朋友提心吊膽地向我道歉說『對不起，對不起』。我很清楚是自己沒站穩所造成的，所以跌坐在地上後，抬頭回答他說『哪裡，抱歉喔』。然後，那個小朋友幫我把眼鏡撿了回來。」

「那、那個小朋友有什麼特徵？」

不破一邊舉起記事本一邊問，猿木抓了抓頭髮動腦苦思。

「啊，他好像抱著一個很大的包包。但我當時的視線真的很模糊，不是很肯定。」

包包是一個全新的證詞，和小基沒有任何關聯，所以犯人是其他人吧？怜瞬間浮出這個想法——

「對了！他把眼鏡遞給我的時候，手腕上包著繃帶。我用神智不清的腦袋想『咦，是剛剛相撞時把他撞傷了嗎』，然後自己吐槽『不對不對，撞傷的話不可能包繃帶吧』，哈哈哈哈。」

怜覺得一點都不好笑，但卻想起了一件事。那就是——

上上星期小基扭傷了手腕，用繃帶包了起來。

「那麼，那個小朋友是從哪個方向過來的呢？」

「這個嘛——從那邊的山丘，就是有墳墓的那裡。」

猿木所指的方向，是位於恩海市中心一處略高的山丘。

而那裡同時也是第二個被縱火的照井家的所在方向。

8

「你好，小基。」

小基小心翼翼地抬眼看向站在大門口的光彌。

「……你好。」

光彌舉起雙手提著的購物袋給他看。

「我來煮晚餐了。」

小基默默地把大門徹底推開。

「打擾了。」

現在時間接近晚上六點。小基在客廳裡寫作業，數學練習簿攤開放在桌上，光彌則借用廚房開始烹煮燉牛肉。他要準備今晚與明天早上的份量——雖說吃的人只有小基，但煮的份量太少會很沒效率，因此光彌決定煮四人份的餐點。

他一邊燉煮食材一邊製作沙拉，又準備了水煮蛋。而在這一連串烹飪期間，小基完全沒到廚房露臉過。

沉默地煮好餐點後，光彌把沙拉與水煮蛋放到餐廳，然後走去客廳。

「小基。」

少年頓了一秒後才轉過頭。數學練習簿已經被推到一旁，他現在正在轉動並注視著星座盤。

「晚餐已經煮好囉。」

「……那個，三上先生……」

小基那雙感覺懶洋洋的眼睛往下垂，小心翼翼地說。

「你要走了嗎？」

「嗯，今天我的任務只有準備晚餐——如果有事需要幫忙，也可以交給我喲。」

「……沒有。」

小基小聲地回答。光彌思索了一下後，靜靜地在小基身旁坐下來，沙發發出輕微的嘎吱摩擦聲。

「小基，如果你有什麼煩惱的話，可以說給我聽喔。」

小基疑惑地發出細小的「咦？」一聲，抬頭看向家政夫。

「沒有……我沒有煩惱。」

「上星期三，有人看到你在半夜出門了。」

少年瞪大了雙眼，然後又驀地別開視線。

「我沒有出門……」

他的聲音透露出慌張，於是光彌明白了他在說謊。

「我知道你沒做壞事，可是，如果你有什麼——」

「什麼都沒有！」

小基迅速回答，語氣充滿拒絕之意。他垂下頭，光彌盯著他頭頂的髮旋看了一會兒後，緩緩地站起身。

「是嗎？抱歉，對你說這種像在刺探的話。」

少年繼續坐在沙發上動也不動，光彌從背後開口說。

「……燉牛肉要趁熱吃喲。」

小基沒有回應。光彌提起包包，離開了古藤家。

『接著是全國天氣預報。本星期空氣乾燥，季節逐漸進入冬天，氣溫將會降得越來越快。不過未來幾天都是晴朗的好天氣，即將在星期三迎來極大期的〈獅子座流星雨〉也——』

＊＊＊

門鈴響了起來，蓋住了電視的聲音。水沸騰翻滾，怜關掉瓦斯爐的火，走向玄關。現在已經是晚上九點，這麼晚了是誰上門呢？他納悶地打開門——

「你好，連城先生，抱歉這麼晚來打擾。」

原來是光彌。他身上依舊穿著白襯衫配黑褲子，但在天氣開始驟降的十一月夜空下，這樣的打扮看起來冷得要命。

「不，沒關係……快點進來吧，小心感冒。」

怜把光彌帶進客廳，然後關掉電視。

（幸好我還沒開始吃晚餐。）

他原本想加熱咖哩調理包來吃，但被身為家政夫的光彌看到他這種不健康的生活方式，感覺很尷尬。

「如果還沒吃飯，我可以幫忙煮。」

光彌看向廚房流理臺的臺面。怜順著他的視線看過去，發現自己從櫃子裡拿出來的咖哩調理包正大喇喇地擺在上面，來不及徹底藏起來。

「啊，用不著那麼麻煩啦……」

「做為報酬，我想詢問一些案件的問題。」

光彌迅速動手翻找冰箱蔬果室，打算做菜。伶站在這個餐廚合一的空間入口看著對方的動作，同時動腦思索。

「你要問歌井町的縱火案嗎？你怎麼了，光彌，感覺你對這個案件特別在意耶。」

「不，我在意的是小基的事……後來，警方有查到什麼與小基有關的線索嗎？」

「嗯，算是有吧。情況對他有一點點不利。」

「……我一邊做菜一邊聽吧。」

光彌動手煮飯，伶則靠著桌子放鬆身體，同時說起今天已經確認無誤的消息。當然，調查資料原則上是禁止外洩的。

（可是，他把小基對小木家縱火案的反應告訴了我，所以他已經算徹徹底底的案件相關人士了吧……嗯！）

於是，從拉麵店柴老闆所說的話，到照井秋代講過的事，伶全都鉅細靡遺地告訴了光彌，當然也包括了小基母親的事。聆聽這些事的期間，光彌的表情沒有任何一絲變化。

不久後，伶都還沒把話說完，光彌就把煮好的菜端了過來。煮好的成品一點都不像用冰箱裡的東西拼湊出來的。伶一面滿足地享用美味的薑燒豬肉和韓式涼拌豆芽菜，一面繼續進行說明。

「然後，那個名叫猿木的男人所見到的少年，應該就是小基錯不了。也就是說，不只第三起縱火案的晚上，就連發生第二起縱火案的晚上，都有人看到小基在外遊蕩……我把小基手腕有包繃帶的事告訴土門前輩後，他也說『總有一天我們必須找那個少年進行偵訊』。」

怜講完所有資訊之後，光彌沉默了一會兒。他也不催促對方，把注意力放到吃飯上。沒多久他就把飯菜吃完了，但光彌依舊保持沉默。

「你有什麼想法？」

到最後怜不禁張口催促，家政夫這才慢條斯理地開口。

「關於連城先生所說的前半段，我想確認一件事。簡而言之，小基有理由怨恨小木先生，是這樣沒錯吧？」

「嗯，沒錯——不用說，我是相信小基的，但卻不敢斷言他沒有涉入縱火案。」

「你這樣也好意思說相信他？」

光彌很不客氣地指責，怜惱怒地回嘴。

「可是啊，如果這樁案件不是隨機縱火而是以小木先生為目標，小基又擁有如此強烈的動機，我們暫且還是有必要調查一番吧？畢竟現在尚未出現其他動機明顯的嫌犯。我也很在意他深夜外出的原因。」

「真的是這樣嗎？」

「咦，什麼意思？」

怜不禁反問，光彌用手指描繪嘴唇，同時自言自語似地說。

「就是連城先生所說的，萬一小基有殺害小木先生的動機——即使不到殺人的程度，也要給對方造成沉痛打擊的話，還有另外一個人也擁有相同的動機，不是嗎？然後，小基之所以在縱火案發生的那晚外出，是因為另一個家人在半夜偷偷外出，小基出於擔心才尾隨出門的吧？」

「你的意思是，古藤先生——爸爸邦彥才是犯人？」

怜震驚地傾身向前，但光彌冷靜地搖搖頭。

「我沒說他是犯人。如果警方懷疑小基，也能以相同的理由懷疑他——我只不過想說這件事。」

怜有點驚慌失措地閉上眼睛，住在隔壁個性認真的單親爸爸的臉浮上腦海。邦彥是縱火狂——？太讓人難以置信了。可是，比起把小學五年級的少年當成犯人，那樣會更有說服力。

「如果只是做假設，我還可以列舉出其他可疑人選。」

光彌的聲音從遠處傳來。怜睜開眼睛，看到他幫忙把碗盤端到廚房去。

「例如，關鍵的小木老先生——就連城先生的描述來看，感覺他是一個超級吝嗇鬼。當然，為了保護庭院草皮而阻擋救護車，已經不能算吝嗇的問題了——總之，他一心要保護自己的所有物。」

「也就是說？」

光彌目不轉睛地看著自己正用菜瓜布刷洗的碗，同時開口道。

「我很好奇，在這次的縱火案裡，他可以領到多少火險理賠。」

「意思是他詐領保險金嗎？小木先生是自導自演？」

「我只是做個假設罷了。」

迅速俐落地把碗盤洗好後，光彌心滿意足地望著放在瀝水籃上的碗盤。

「一場火災的發生，必然是出於某種原因。可是，如果起因是自己用火不當，理賠金額就會降低，不對，或許會被列為免責範圍而拒賠也說不定。除此之外，如果縱火案只單獨發生在小木家，而他又保了超級巨額的火險，縱使他是被害人，可能也會遭到大家懷疑。」

「因此他就用連續縱火的方式做偽裝嗎？——可是，有人會因為想要錢而放火燒了自己家嗎？房屋有一半都燒到坍塌了耶。雖然我不太懂保險，不過保險公司頂多支付房屋的修繕費用，保戶應該拿不到額外理賠吧。」

「有可能是因為火勢蔓延得比他想像中還快，又或者是他不打算重建房子也說不定。也可能因為他覺得支付一片遼闊土地的稅金實在太麻煩，不如乾脆燒掉房子離開那裡。」

光彌一邊拿毛巾擦手，一邊進行稀奇古怪的推理。怜一臉目瞪口呆地看著他，見狀，他輕笑出聲。

「當然，假設只是假設。就算小基有縱火動機，他就是犯人的觀點也只是一種假設，與其他假設毫無分別——如果某人的證詞裡有某項決定性的疑點，那麼某人就會突然變得可疑起來。」

「你已經知道誰有嫌疑了嗎？」

怜驚訝地詢問，結果光彌巧妙地用「怎麼可能呢」來一語帶過。

「我還無法完全肯定——但總之，關於小基的問題，我覺得過不了多久就能解決。」

「什麼？真的嗎？」

「只不過我們必須等到後天才行。」

如此從容不迫的時間設定讓人感到挫敗，查案明明應該分秒必爭才對。

「好吧。不過，我們警察的調查工作也不是在白白浪費時間，在後天之前，我們會設法鎖定犯人身分。」

「我會期待的。」

光彌的聲音中並沒有挖苦含意，並且認真地回視怜。

9

隔天，怜到警局上班後，就把小木靜夫可能是為了保險金而自導自演這些縱火案——的假設說給土門聽。上司很認真地傾聽，等怜說完之後，他抓了抓高聳的鼻梁露出苦笑。

「想詐領保險金的案例多到不勝枚舉，但自導自演朝自家縱火的主意也太過獨特了吧……可惜這個假設沒有說中。根據在小木家周圍進行打探的巡查報告，小木老先生沒有購買任何以保險為名的東西。據說他曾經誇下海口說反正又不會發生什麼值得擔心的狀況、買保險只是浪費錢。他的家雖然燒毀了，但門口還貼了一張『拒絕推銷保險』的告示。」

「既然如此，那棟房子的修繕費用就必須由他自己一手包辦嗎？」

不管如何，淪落這樣的境地實在太可憐了。雖然保險那些吵鬧的廣告讓人感到疲憊，但瞧不起它的話就會變得那麼慘嗎？怜感到背脊發寒。

「他也有可能對鄰居說謊，但如果真的偷偷買了高額保險，理賠人員應該會起疑才對。這個假設你就把它忘了吧——等我們找到犯人，他或是她應該就要支付賠償金了。」

古藤父子的臉閃過怜的腦海。如果犯人是他們其中之一，他們理應支付賠償金給小木。而這樣的「正義」自己是否有辦法贊成呢——怜沒有自信。

（不對，不要去想這些有的沒的。我應該把注意力放在自己的職務上。）

可是，迥異於獲得許多證詞的昨天，今天的調查工作完全沒有任何進展。

怜與不破以猿木的證詞為依據，針對位於照井家與古藤家之間的住戶一一打探情報，然而卻沒有找出新資訊。

雖然不情願，他們還是前往小木靜夫投宿的飯店，希望見對方一面，但小木拒絕了。怜與不破只能兩手空空地回去警局。

＊＊＊

古藤邦彥出完差回來後，先進公司進行一番報告，然後才踏上回家的路。當他回到恩海市的住家時已經超過晚上九點了。

（該怎麼跟小基說呢？）

他在回程的新幹線上一直思考著這件事。

出差第一天，他便接到了連城怜打來的電話，從電話中得知的事讓他一直煩惱到現在。

『有人報警說，上星期三看到小基在外面遊蕩……』

（對方肯定是看錯人了。為了避免讓小基覺得困擾，我就不動聲色地問問吧……最近都沒時間和那孩子好好地聊一下……也完全沒機會好好陪陪他。我們連去旅行……要找他一起出去旅行嗎？）

邦彥表情一緩，露出了笑容，然後打開自家大門。

（要去釣魚嗎……不，找他去觀星看看好了。那孩子很喜歡星星，但我卻從沒帶他去觀星過。對了，我在學生時代使用的望遠鏡應該還留在倉庫裡。）

邦彥一邊踏入大門，思緒一邊飛回過去。他想起了過世的妻子。

（當年我跟她也是在天文同好會認識的……因為加入了那個社團，後來才會有小基的誕生。這也算是星星的指引吧？）

邦彥對自己的想法害羞地笑了笑，然後搖搖頭。他做了個深呼吸後，走進開著燈的客廳。

「我回來了——」

沒人回應。小基枕著沙發的扶手睡著了。電視機孤伶伶地開著，螢幕上播著小基應該不感興趣的歌謠節目。邦彥搖了搖兒子的肩膀，看到兒子從睡夢中醒過來。

「嗯……爸，歡迎回家。」

「我回來了。」

邦彥放下包包，拉鬆領帶。在父親做這些動作的時候，小基關上了電視。他的身上穿著睡衣，似乎是已經洗好澡了。

「這幾天過得怎樣，小基？爸爸不在家，你都有把事情做好嗎？」

「……嗯，我沒問題。」

「那位家政夫，呃，是叫三上先生嗎？你吃過他煮的飯了嗎？」

「嗯。」

對話一直斷斷續續串連不起來，邦彥便開門見山直入核心。

「上、上個星期三……」

邦彥說完後，小基輕輕地發出「咦？」的一聲。

「呃，你啊，晚上是不是沒睡覺？」

「……為什麼這麼說？」

「呃，就是……」

邦彥摸著下巴。像這種時候，他該怎麼說比較恰當呢？他並非不相信兒子，只是警察都打電話來了，他也不能從頭到尾一問三不知。邦彥維持背對兒子的姿勢，一邊脫上衣一邊說話拖延時間。

「我在想你是不是跑出去了。」

「為什麼這麼說？」

小基用僵硬的聲音又重複了一遍。邦彥再度詞窮，便轉身面向小基。

「我的意思是說，那個晚上發生了縱火案不是嗎？如果你……」

「咦……什麼？爸爸也是嗎？爸爸也覺得我是那起縱火案的犯人嗎？」

以往說話總是文文靜靜的兒子突然大吼，邦彥整個人都慌了。

「不，不是的。你在說什麼傻話，小基！」

「先前被燒掉的那棟房子，就是那一天擋住救護車的那傢伙的家吧？所以爸爸才會覺得是我放火的對吧？」

「……你……」

「可是我什麼都不知道！不要懷疑我！」

看到小基的眼角閃著淚光，邦彥退縮了。小基衝出客廳，啪噠啪噠地跑上二樓。

（我明明沒有懷疑小基啊……）

邦彥佇立在原地，為自己所說的話感到懊悔。是他讓兒子產生了父親懷疑自己是縱火犯的誤解，兒子會覺得受傷也是理所當然的。

四年前，邦彥與小基其實都在那輛救護車上，並且也都親眼目睹了小木老先生不人道的舉動。後來妻子在醫院斷氣的時候，他簡直恨死了那個老人，甚至想過要殺了對方——可是。

舉行喪禮的時候，身為喪家的邦彥看著站在自己身旁哭泣的兒子，看著看著便覺得產生那些情緒的自己真是太愚蠢了。這個弱小無力的少年的性命，現在全繫在自己一個人身上。當領悟到這一點後，他就把憎恨與後悔之類的不必要重石，通通從自己的人生之船上拋出去了，因為他不能讓有小基同行的這段人生翻船。後來，接到發生縱火案的通知後，他才想起了已經遺忘很長一段時間的小木的名字。

（小基……難道你的感受與我不一樣嗎？）

邦彥為無法直接問兒子這個問題的自己感到丟臉。

＊＊＊

隔天，星期三。

這是一個天氣晴朗、空氣清澈的早晨，氣溫逐漸轉為帶著冬天氣息的寒冷。怜將大衣鈕釦一一扣緊後，踏出了家門。

「哎呀，連城先生早安。」

就在他走出家門後，丸山千壽子開口朝他打了聲招呼。她身上穿著醬油色的半纏[2]，今天依舊拿著掃把打掃路面。

「早安，丸山太太。」

「真討厭，這裡怎麼掃都掃不乾淨，落葉接二連三掉個不停。」

「謝謝您把路面掃得跟以往一樣乾淨，您真是善良。」

「這點小事不用客氣……」

千壽子露出笑容，然後眼中露出不安之色，朝怜靠了過去。

「對了，你們調查得如何？那個，我說的那些事有沒有……也就是說……」

她看起來很在意小基的事。怜猶豫了一下後回答。

「謝謝您提供了資訊，可是……現在我還沒辦法告訴您結果。不過，我們的調查工作確實有斬獲，也找到了疑似動機的線索。」

「咦咦，動機？討厭，到底是怎麼回事？犯人難道不是以犯罪為樂嗎？」

千壽子膽怯地縮了縮身體，卻又一臉興致勃勃地不停逼問怜。

怜絞盡腦汁敷衍了滿心想問消息的千壽子後，便逃之夭夭了。告別千壽子後，他發現光彌就站在道路的另一邊。

「嗨，今天太陽打從西邊出來嗎，光彌？竟然能在早上見到你，真是稀奇。」

怜走了過去並開口打招呼。今天光彌似乎是去大學前過來的，身上穿著連帽上衣與牛

2 半纏是一種日本傳統防寒外套，前襟沒有鈕釦，而是用兩條繩子綁住。

仔外套，下半身則搭配合身牛仔褲，整個人看起來就像模特兒，與當家政夫時的平凡服飾相比，給人的印象差很多。

「關於今晚的事，有些話我想先跟你說……」

光彌壓低聲音，視線投向怜的身後。怜側頭一瞄，發現千壽子滿臉好奇地看著這邊，於是他也降低音量問：「今晚什麼事？」

「今晚連城先生回家後，希望你能撥出一點時間給我。請問你今晚幾點下班呢？」

「晚上九點我能回到家，前提是沒有發生任何緊急事件。」

「我明白了。那麼，我會在那個時間到你家門前等候。」

光彌沉靜但堅定地說道。

「因為，今晚應該就能解決小基的問題。」

10

「喂，光彌，小基真的會出門嗎？」

「嗯，如果我沒猜錯的話。」

光彌沒有看向怜，只是壓低音量回答。怜伸手把大衣前襟合緊，雙眼緊盯著前方看。

怜與光彌一起埋伏了起來，時間已經過了三十分鐘。怜有經歷過時間更漫長的埋伏，但如果不是職務所需，做這種事只是白白浪費時間吧？這樣的念頭從他腦海冒出。倘若是上司的命令，縱使目標動也不動，他也算是在執行工作。

十一月已經過了一半，夜晚的空氣變冷了許多。今天晚上天空晴朗無雲，星光閃爍，是個沒有颼寒風的舒適夜晚，但還是讓人開始想回屋子去。畢竟，他們所在的地方是連城家土地範圍內，步行五秒的距離外就是溫暖的家。

——小基應該會在今晚偷溜出家門，我們要抓住那一瞬間。

怜同意了光彌的提議，躲在庭院的樹叢下，但卻沒問出小基為何今晚會出門的推測根據。

「喂……」

正當怜準備再次開口的時候。

古藤家玄關大門發出了細微的喀嚓聲響。門扉被緩緩打開，走出一道嬌小的人影。是小基。

怜屏住呼吸，凝視黑暗裡的動靜。小基的肩膀上掛著一個巨大的包包，而身體另一邊的腋下則夾著——

（三腳架？）

小基走到馬路上，快步向前走。

「已經可以了吧？」

光彌說完，朝小基追了過去，怜見狀也連忙跟上去。

「晚安，小基。」

光彌從背後開口打招呼，少年嚇了一跳停下腳步，然後尷尬地皺起眉毛，同時側身向後看。

「不要擺出那麼可怕的表情嘛。」

光彌笑了笑，朝追過來的怜比手勢示意了下。

「連城先生也不想惹你生氣呀——我們三人一起去看吧，畢竟你自己去太危險了。」

＊＊＊

小基帶頭領著其他兩人走在夜路上。從古藤家出發走了約莫十分鐘後，一行人來到了可以俯視恩海市的小山丘。朝著山丘再往上爬五分鐘後，他們抵達可以俯瞰街道的瞭望臺。

小基把三腳架架設在臺上，再把體積相當巨大的天文望遠鏡放到腳架上。

「你的望遠鏡真不錯。」

怜開口稱讚，小基一邊調整焦距一邊回答「這是爸爸的……」。怜想起邦彥以前曾說過，他在大學時代是天文同好會的成員。

怜一面呼出白色的霧氣，一面抬頭看向夜空。

無數閃亮的星星散落在漆黑的天空中——

「小基外出被人目擊到的那一天與縱火狂放火的日子重合，只是一個巧合——但又並非完全湊巧。」

光彌一邊看著小基的手法一邊說著。

「因為小基是為了觀測星象，而在半夜偷跑離開家裡。最適合縱火的日子是天氣晴朗、空氣乾燥的日子，而這也同時是觀測星象的絕佳條件。多雲的日子空氣中的水氣會比較多，不利於觀測星象。」

「可是，這種事為什麼要瞞著爸爸呢？」

怜在小基旁邊蹲下來，溫和地詢問道。小基窘迫地垂下視線。

「如果我說想要自己來，爸爸會擔心並且阻止我。可是，晚上爸爸已經很累了，我不能找爸爸陪我來……而且……」

小基摸了摸望遠鏡的鏡筒，補充道。

「我不敢對爸爸說，我擅自把這個拿出來用了。」

走來這裡的路上，小基已經解釋過自己為何連續幾天晚上都在外面遊蕩。他喜歡宇宙也喜歡星象，會在晴朗的夜晚——加上爸爸比較早就寢的夜晚，從家裡偷跑出去，在位於恩海市中心的這座山丘上看星星。而他觀星的舉動，是從在家中倉庫找到望遠鏡的十月初頭開始的。有人目擊他出現的夜晚——包括發生第二起與第三起縱火案的夜晚在內，他總共進行了四次星象觀測，移動過程中把望遠鏡塞進包包裡，把三腳架夾在腋下。

「可是啊，小基……」

怜用嚴厲的聲音說道。組裝好望遠鏡一臉滿足的小基聞言，驚訝地抬起頭。

「就算你是男孩子，半夜一個人在外面遊蕩也很危險喔。以後不可以再自己一個人過來，知道嗎？」

「……是。」

小基用比以往更堅定的聲音回答。就在這時候。

「小基！」

他聽到有人呼喚他的名字，同時山坡下也傳來了腳步聲。三個人側頭看向那裡，發現邦彥出現在了瞭望臺上。

「爸……！」

「你、你怎麼會來這裡？」

怜驚慌失措地問，邦彥一邊大口喘氣一邊拿出手機給他看。

「我透過小基身上帶著的兒童手機的GPS，得知了你們的所在位置。當我發現他不在房間裡後，就用它來找人了。」

邦彥朝兒子走過去，然後蹲下來看著兒子的眼睛。小基縮著身體，似乎已經做好了被罵一頓的心理準備了——

然而，父親只是溫柔地把手放到少年頭上。

「你是來這裡看星星的吧？下次我也一起來吧。」

「咦……可是……」

「別看我這樣，其實大學時代我有加入過天文同好會喲。讓我陪你來觀星吧。」

邦彥瞇起眼睛，小基雙眼湧上淚光一副快要哭出來的樣子，隨即別開視線。

「對不起……我擅自把望遠鏡拿出來。」

「嗯，爸爸希望從下次開始，你可以當面對我說想用它。不過，與其讓它在倉庫裡長灰塵，不如像這樣拿來用比較好。」

邦彥將手掌從小基身上轉移到望遠鏡，並緩緩地摩挲。

「……爸爸都忘了自己和你媽媽剛認識時的心情了，還有凝視遠方星星時興奮不已的心情。」

他自言自語般地低喃，然後站起身轉頭看向怜。

「連城先生，還有……三上先生，這次給兩位造成了這麼多麻煩，真的對不起。還有，謝謝你們。」

邦彥低頭鞠躬，小基也連忙模仿父親的動作。怜過意不去地擺擺手。

「哪裡哪裡，你太客氣了！不過，由於我已經把小基的事呈報給上司了，為了證明他與縱火案無關，或許必須寫一份完整的報告——」

「不，我覺得應該不用。」

光彌插嘴道。怜驚訝地看向他，古藤父子也抬起了頭。

「今晚我終於明白縱火案犯人是誰了。只要抓住那個人，警方應該就沒必要繼續深入挖掘小基的問題了吧？」

「你說什麼？那個縱火狂究竟是誰？」

「還是別在這種地方說比較好。」

又故意岔開話題了——如果是要指名道姓地點出凶手，那確實不適合當著古藤父子的面講出來。

小基震驚地抬頭看向光彌，光彌拍了拍他的肩膀。

「好了，我們來觀星吧。難得天氣晴朗，星空很漂亮。」

後來，四人享受了一小段愉快的觀星時光。然而，在大家輪流使用望遠鏡的期間，唯獨怜的內心一直無法平靜下來。

11

四人踏上了歸途。

時間已經很晚了，他們無法發出太大的聲響，不過還是氣氛和睦地一邊聊著天一邊走在漆黑的馬路上。半路上，怜向古藤父子介紹了光彌的推理能力。

「真的嗎，原來三上先生過去已經幫忙解決過案件了。」

邦彥發出讚嘆，小基拉了拉光彌衣服的袖子。

「那個，拜託三上先生把這些縱火案的犯人身分也告訴我吧。」

「不行，因為我還沒有證據，所以現在只能先告訴身為刑警的連城先生。」

光彌為難地避開話題，聞言，小基一臉掃興地嘟起嘴。與父親坦承內心想法後，小基便逐漸展露出孩子氣的一面。

走了一小段時間後，在接近古藤家的某個轉角——

「不過，這件事要保密……」

正當光彌開口說話說到一半的時候。

怜發現視野前方有物體在移動。距離怜四人所在地點的前方三十公尺處的「某戶人家」大門悄悄被打開，一道人影動作俐落地從中跑出。那戶人家是怜所認識的，而且出現在夜路上的人影輪廓也令他感到眼熟。

怜加快腳步想張口叫住對方——卻被光彌抓住了手臂。

「你、你做什麼，光彌？」

光彌用手指抵住嘴唇示意其他三人噤聲，然後降低音量說。

「連城先生，我們去跟蹤那個人吧，不要被對方發現了。古藤先生，請你們先回家吧。」

「你說什麼？為什麼要跟蹤對方……」

「因為那個人才是這一連串縱火案的凶手。」

小基發出「咦！」的一聲，隨即慌慌張張地摀住自己嘴巴，邦彥則一臉目瞪口呆的表情。怜也很震驚，並且有幾個疑問同時浮上了心頭——但卻沒多餘的心力去問。如果不採取行動，他們會跟丟犯人。

「既然你這麼說，我們就跟上去看看。不過，晚一點要告訴我理由。」

「嗯。」

光彌與怜告別一臉緊張的古藤父子，開始進行跟蹤。

人影轉過一個又一個的轉角，腳步相當迅速，身上穿著類似風衣的衣物，雙手插在口袋裡。光彌與怜屏住呼吸，謹慎地與對方保持距離。

怜暗忖，那道人影確實很可疑。現在已經是深夜了，對方卻彷彿怕被別人看見般，偶爾會巡視四周情況，這樣的舉動也很詭異。

人影行走的方向盡是一些陰暗、路燈很少的小巷子，看得出對方想避開超商之類明亮又有旁人的場所。

人影又彎過了一個轉角。怜與光彌迅速跑到水泥磚牆旁，慢慢探出頭，發現目標在轉角處停下了腳步。對方正低頭看著用水泥砌出的垃圾場。明明規定禁止，但似乎還是有人趁晚上把垃圾拿出來丟，綠色網子裡已經堆了幾包垃圾袋。

（那個人在做什麼——？）

正當怜感到納悶的時候，黑暗中有亮光一閃，人影手上似乎拿著某種東西。就在月光的照耀下看清那個東西的瞬間，怜倒抽了一口氣。那是一個小小的金屬罐，怜的直覺立刻告訴他裡面裝了什麼。

「住手！」

怜一邊大吼一邊衝向對方。縱火狂發出短促的慘叫聲，想甩開制住自己手臂的怜。金屬罐從縱火狂手中滑落，罐中內容物濺了一地。

「看起來好像是煤油。」

光彌用手機的手電筒照亮地面。液體從倒下的罐子裡咕嘟咕嘟地不停溢出，用不著別人說，煤油的氣味已經清清楚楚傳到了怜的鼻子裡。

被怜抱住的縱火狂垂著頭顱，光彌的手電筒毫不留情地朝對方照過去。

從黑暗中顯露的，是丸山千壽子的臉。

12

「你打從一開始就看穿了嗎？」

黎明時分。

偵訊結束後，怜與光彌並肩坐在恩海警局的大廳裡。怜在自動販賣機買了兩杯咖啡，一杯遞給了光彌。光彌道謝後接了過去。

「還不到用看穿來形容的程度。不過，自從我聽到丸山太太說『半夜看到了小基』之後，就覺得她有問題了。」

「為什麼？」

怜震驚不已。

「可是她說的都是事實啊。小基是真的有外出，他自己也承認了，所以丸山太太說她有看到也是事實吧？為什麼你會起疑呢？」

「嗯。丸山太太應該是真的看到了小基，可是，她為何要把這件事告訴連城先生你呢？聽到這件事的前後經過，上次連城先生已經告訴我了對吧。」

「嗯。我問她『您那邊有沒有關於縱火案的資訊可以提供給警方呢』，結果她露出嚇了一跳的神情，眼神四處游移，於是我便進一步逼問。結果，她用『坦白說』當開頭，把小基的事告訴我。」

光彌點了下頭，喝了一口咖啡後才娓娓道來。

「正是如此。被連城先生問到縱火案的事情時，丸山太太做出了奇怪的舉動，這是因為她才是真正的犯人。身為刑警的連城先生就在面前，大概讓她心生畏縮了吧。然後，連城先生又逼問她『您是不是知道什麼？如果您知道什麼消息，請務必告訴我』。這時候如果她繼續佯裝一問三不知，結果會怎樣呢？想必連城先生會懷疑她吧？被在恩海警局當刑警的連城先生懷疑，對身為犯人的她來說是相當不妙的一件事。」

「嗯，確實是這樣沒錯。」

「於是，那時候丸山太太想起了自己在縱火的那晚，曾看到小基外出。然後，她表現出好像很掛心那件事的模樣，這不叫急中生謊，而是急中生真相吧。」

怜喝完咖啡後呼了一口氣，然後低聲發出「嗯唔」。

「如果以她就是犯人為依據的話，這番解釋是行得通的，可是，這無法當成對她起疑的起因吧？她那句『我真的不想去懷疑一個小孩子，可是我又很在意』的辯解，邏輯上是說得通的。」

「她說她看到小基的證詞是真的，但除此之外的部分是謊言。」
「你說什麼？哪裡是謊言？」
怜百思不得其解，光彌豎起筆直纖細的食指。
「請連城先生再次細細回想一下，她說她看到小基時的場景。」
「呃，我記得是這樣的。丸山太太說那是過了晚上十一點半，當她在客廳看完影片的時候。然後，她覺得窗外有什麼東西在移動，便拉開窗簾看向外面。結果，她看到小基正要走進自己家……」
「她看得到嗎？」
「咦，什麼意思？」
怜一頭霧水。然而，光彌接下去所講的話，讓他領會了其中含意。
「就算那是一個有星星的晴朗夜晚，我們『有辦法在大半夜時，從明亮的室內看見外面的景象嗎』？而且還看得那麼清晰。」
「……可能看不到。」
沒錯，大家應該都有過這樣的經驗。晚上從開了燈的室內往外看的話，很難清清楚楚地看得很遠。因為光線明暗對比會使玻璃變成鏡子，『映照出室內景象』。
「我猜，丸山太太應該是在屋外看到小基的動作。當她朝小木先生家的垃圾桶縱火完回來的時候。」
「在屋外看的話，應該就能看得很清楚了吧……原來如此，這段證詞太奇怪了。因為她當時說『看完影片還是沒有睡意，便開始翻書櫃想找本書來看』，所以我不認為她有關掉客廳的燈——不過，也可能是她恰巧因為光線的變化而看清外面景色，不是嗎？」

光彌微笑著點點頭，似乎早就預料到伶會這麼反駁。他不疾不徐地喝了些咖啡後，才開口說道。

「確實也會有那種情況發生。可是，由於後來我們已經弄清『小基其實是去觀星』這一點，所以丸山太太證詞裡的另一個謊言也浮上了檯面。」

「什麼意思？」

「她看到觀星完回來的小基，卻沒注意到他身上有個與眾不同的特徵——這種事是正常的嗎？」

「你是指『望遠鏡』嗎！」

伶大叫出聲。結果，大廳裡的其他警局人員全都看向他。為了掩蓋失態，他把喝光咖啡後的空紙杯捏扁。

「經你這麼一提，丸山太太忽略了望遠鏡確實很不自然。小基是帶著那個裝了望遠鏡的巨大包包出門的，既然看到他回家的那一幕，理應也要看到包包才對。」

「沒錯。那麼大的一個特徵，丸山太太不應該忘了說。不過，如果只有一個包包的話，她沒記住也能說得通，然而小基身上還帶了一個更加顯眼的物品，因為沒有放進包包，所以夾在他的腋下。」

「……『三腳架』。」

「沒錯。換句話說，丸山太太在看到小基身上攜帶的物品後，理應能隱約推測出小基在半夜做什麼。當被逼問『有沒有關於縱火案的資訊可以提供給警方呢』時，她馬上說出了小基的名字，但如果後來又說『或許他只是出去觀測星象』的話，又會被連城先生質疑『既然如此，為什麼要說得這麼吞吞吐吐呢』，結果導致了她的證詞變得非常扭曲。」

「原來如此。我對你的洞察力實在由衷感到佩服……可是，一個人說謊並不等於他就是犯人吧？說不定那個人只是對其他事感到心虛而已。」

怜想要保住身為刑警的尊嚴，卻反而做出不必要的反駁。因為光彌正中問題核心的推理已經證明了一切。

「嗯，說得沒錯，這些都只是我的推測罷了。只不過，當初與連城先生第二次談到縱火案時，聽到你說的『小基是犯人的假設』，我對丸山太太的懷疑確實變得更重了。每個縱火地點與古藤家的距離都是徒步五分鐘左右——當時你是這麼說的吧？」

「那有什麼……啊！」

「連城先生終於發現了嗎？沒錯，丸山太太家與古藤家近到可以看見對方的玄關大門。如果每個縱火地點幾乎都與古藤家等距離的話，就代表丸山太太家也一樣。」

「……原來如此，這麼說來確實是這樣。」

聽完了光彌的推理，怜長長地吐出一口氣。

警局大廳裡人影稀稀落落，鴉雀無聲。怜將聲音壓得更低，開口說。

「話說回來，你竟然連丸山太太的動機都能猜對，真是了不起。我們把她帶回警局的路上，你用『根據我個人的猜測』逼問的時候，我還有些懷疑，結果她在偵訊時所說的口供竟然完全被你說中了。為什麼你會知道她真正的目標是『燒掉照井太太的庭院』？」

「只要撇除先入為主的觀念去思考，自然就能慢慢看出來了。」

光彌一邊把紙杯仔細摺起來，一邊回答。

「犯人的動機確實有可能是宣洩壓力或故意騷擾之類的因素。以談話節目風格來說，就是『內心的黑暗面』吧？可是，縱火殘忍度的不自然偏差，讓我覺得很在意。」

「嗯，這一點先前你也有說。不過，最殘忍的是房子燒到半毀的小木先生案……」

「不是。」

光彌從怜的手中拿起扁掉的紙杯，同時否認對方的推測。怜困惑地眨了眨眼。

「關於火勢為何會從垃圾桶蔓延到房子，其實警方一開始的看法是恰好被風向帶過去的，對吧？其實你們說對了，垃圾桶真的是被陣風吹倒，然後很不湊巧地滾向房子。」

「啊，我懂了……所以凶手故意燒掉小木先生家的說法只是一種假設。小基與他媽媽的事突然被人特地凸顯出來，我們自然而然就會認為凶手是把小木先生當成目標。」

「那麼，我們改為站在中立角度來思考吧。」

光彌把兩個紙杯丟進垃圾桶後拍了拍手。

「假如延燒到小木先生住家的事，其實出乎了犯人預料呢？拉麵店立旗、種花的庭院、PE製垃圾桶，哪件縱火案才是最殘忍的呢？」

「……庭院的吧？」

「沒錯。犯人沒有特定目標物，而是把整片庭院燒掉，這樣的行動透露出一種相當強烈的衝動性。如果只是感受上的問題也就算了……但所謂藏木於林，假如犯人想藏起來的樹木是照井太太的庭院，我試著思考了下犯罪動機會是什麼。最後，我腦中浮現的是丸山太太飼養的那隻黃金獵犬的死亡。」

怜想起了先前見到照井秋代時，對方說過的那些話。秋代說，附近的孩子們全都是好孩子。說完這句話之後，她接下去這麼說道。

——反倒是動物比較常造成我們的麻煩。如您所見，因為我們沒有圍牆，所以有很多動物會在散步中途來大便，或是吃掉花朵。像是丸山太太先前養的狗狗就是這樣。

「照井太太說她有栽種秋水仙。聽到這個花名時，我完全沒想過它竟然含有能使狗死亡的劇毒。明明花名和狗狗相似。[3]」

「不只狗，據說也有人類因為誤食秋水仙球根而死亡。我也是這次查了資料才知道……不過這種花大家一般都能在家裡栽種，網路上也有店家在賣。」

「結果丸山太太的狗吃了那種花。」

丸山千壽子做出了以下供述。

十月初的某個早上，丸山帶著愛犬去散步，然後狗停在照井家前面大便。當她用鏟子清理狗大便時，狗趁機跑進了庭院裡。她手忙腳亂地拉住牽繩卻為時已晚，愛犬已經咬掉了淡紫色的罕見花朵。

3 此處指秋水仙的日文發音 inusafurann 前兩字與狗（inu）一樣。

丸山不想因為毀壞花壇而被庭院主人責備，便離開了那裡，但沒想到回家後狗的身體卻突然出了問題。她馬上把狗送去動物醫院，卻沒有救回這條生命。獸醫調查狗嘔吐出來的東西後，判斷死因是誤食毒草。

養了十年以上的愛犬不幸離世，讓丸山暴怒不已。

為什麼要在庭院前面種植那麼危險的毒草呢！雖然說是她自己當時沒顧好狗，可是其他野貓野狗也可能吃到啊！這種園藝設計實在太不負責任了。

可是，愛犬擅自入侵別人家庭院的事讓丸山心生內疚，導致她遲遲不敢踏入照井家。苦惱到最後，她的憤怒與悲傷漸漸變質，轉變成一股必須把照井家的危險庭院放火燒掉的扭曲使命感。

「然後，她雖然下定決心要縱火，但如果第一步就找上照井家，有可能會遭人懷疑，因而產生了猶豫。萬一有人發現愛犬的死與照井家的秋水仙有關聯，自己的罪行就會敗露，再加上照井太太已經發現有狗破壞了自家的花壇，因此她決定假裝是以犯罪為樂的人進行連續縱火。」

怜把丸山的供述重複了一遍，光彌靜靜地點了點頭。

「所以說，她是故意把火柴留在現場的吧。為了表示犯人是同一個。」

「據說她原本打算縱火三次就停手，把自己真正的目標照井太太放在正中間的話，就足以誤導大家了。我這麼說或許不太恰當，不過她把大家都討厭的小木先生當成最後的目標，實在是個絕妙的抉擇。但結果卻帶來出乎意外的災害，讓她真的嚇到了。」

「於是，陷入恐慌的她在強迫症的影響下，便想要繼續縱火下去。」

光彌一臉嚴肅地嘆了口氣。

「剛剛——其實是幾個小時前了——她想縱火的目標是大家趁半夜違法丟棄的垃圾對吧？因為救護車事件而揚名的小木先生會被她選上，也是這個因素，她從中途開始，也許就變成真心想要改革社會風氣了。」

「不，我覺得並不是。」

聽到光彌的分析，怜提出反對意見。在這一點上，他對自己身為刑警的直覺充滿自信。

「丸山太太選擇犯錯的人下手，肯定是想藉此來忘卻自己的內疚。普通人淪落成罪犯的時候，常常會發生這種情況。他們對自己心中產生的罪惡感的容忍度遠勝於被其他人譴責。」

「……原來如此。」

到此為止，真相幾乎全都浮出水面了。雖然有點畫蛇添足的嫌疑，不過怜在最後把自己在偵訊中弄懂的事告訴光彌。

「丸山太太之所以選在星期三與星期日縱火，是因為那兩天是丈夫的休假日。據說她的丈夫會比較早就寢。」

「……如果她的丈夫當時有發現她的異常就好了。」

光彌發表這番感想後嘆了一口氣。

兩人並肩走出警局大門。天空漸白，耀眼的陽光開始照亮城鎮。

「對了，光彌，以後你還會繼續去古藤家嗎？」

「如果他們需要我的話。」

「那對父子與縱火案無關真是太好了……只不過讓我掛心的是，那位小木先生似乎沒有洗心革面的打算。」

「那個人運氣實在不好，房子都被燒了，感覺有些可憐……反正那件事已經不重要了，不是嗎？」

光彌瞇起眼睛眺望遠方，並這麼說道。

「小基他們有更重要的感情需要竭盡全力去維護，才沒時間處理憎恨這種小事。」

第二章

出現屍體的問題

1

十一月二十九日。師走月近在眼前，氣溫已經寒冷得宛如冬日。

怜站在玄關迎接光彌，夜晚的空氣寒冷得讓他忍不住發抖。

「嗚，晚上變得更冷了。不好意思，這麼冷還找你出來。」

「不會，我很高興能接到工作。」

怜道歉後，光彌一臉平靜地回答，不過他也把厚大衣的鈕釦全都緊緊扣上了。他把提著的購物袋舉起來給怜看。

「煮燉牛肉可以嗎？」

「當然可以，謝謝你過來幫忙。」

怜一如既往把光彌帶到客廳去。

「連城先生今天休假嗎？」

「是啊。你有去大學上課吧？畢竟今天是平常日。」

「嗯。」

怜今天沒有排班，上午去局裡露個臉之後，下午休假半天。兩星期前縱火案犯人逮捕到案，後續工作也處理完畢，恩海警局迎來一段安穩的日子。

下午怜一直埋首於升等考試的準備裡，等回過神來時已經傍晚了。然後，他驀地想到可以找光彌過來。

（突然決定找他過來，應該嚇到他了吧。）

怜一邊看著站在廚房裡著手準備做菜的光彌，一邊半發呆地想著。

「不好意思，請問我可以漱口嗎？為了預防傳染病。」

「當然可以，這種事用不著特地徵詢我。」

見光彌徵求自己的同意，怜忍不住露出苦笑。光彌未經許可不會隨便亂碰家中物品的舉動，大概是從工作中養成的習慣，但有時候實在太過拘謹了，他總覺得有點奇怪。

瞄了一眼正在切菜的光彌後，怜便待在客廳繼續準備考試。

然而他的注意力很快就中斷了，因為，他總覺得沉默讓氣氛逐漸尷尬了起來。話雖如此，但他又不知道該不該找正在幫自己煮飯的光彌閒聊。

「呃……光彌，我可以去洗澡嗎？」

正在炒洋蔥的光彌聞言，一臉意外地看向怜。

「嗯嗯，當然可以。連城先生才是，這種事用不著特地問我……」

怜慌慌張張地走出客廳，前往浴室。

（……我到底是想做什麼呢？）

不管是淋浴的時候，還是擦拭身體的時候，怜都一直在思考。

（我一直設法與光彌保持聯繫……是為什麼呢？）

沒錯，他並不想與光彌斷絕往來。而這個念頭之所以產生，九月發生的案件有很大的影響。

六年前曾發生過一起數名小學生連續遭人殺害的慘案，當時還是國中生的光彌也在那起慘案中失去了弟弟。而負責調查命案的其中一位刑警，正是怜的父親，可惜後來人也死在凶手的凶刀之下。

那起案件於今年秋天重新進行調查，先前已經互相認識的怜與光彌也因此得知彼此之間的意外關聯，於是產生了一種同類意識。這就是為何怜希望能與光彌保持來往的原因。

（但這也許只是我的藉口。）

怜在冷颼颼的走廊上邊走邊思考。

光彌擁有高超的推理能力，性格冷靜行動卻意外大膽，是一位與眾不同的青年。

怜不知道該怎麼形容，總之光彌身上具有一種神奇的魅力。他覺得自己是因為想待在對方身邊，才會老是找理由把人叫過來。明明他不需要對誰辯解原因——

踏入客廳後，光彌正好關上瓦斯爐的火。

「燉牛肉煮好了。」

「謝啦，光彌。只有我自己這麼愜意，總覺得對你很過意不去。」

怜這麼回答後，光彌輕笑了下。

「連城先生總是這樣。為什麼你會那麼想呢？」

他一邊脫下等同制服的粉紅色圍裙一邊說道。

「畢竟我幫連城先生做家事，然後也獲得相應的報酬。」

「該怎麼說呢……大概是因為我認為既然是單身漢，家裡的事就得自己做才行，不然我總覺得自己在偷懶。」

「可是連城先生不太懂怎麼清掃吧？」

光彌用相當自然的口吻點出事實，怜抓了抓還有點溼的頭髮。

「我有個已經認識很久的朋友。我們從國中就認識，到大學也是同校。他的名字叫蘭馬，從以前開始就很不擅長清理打掃，如果不管他，他可以馬上把房間弄得亂七八糟，甚至可能把房間變成垃圾堆也說不定。」

這番言論相當辛辣，但本身也不擅長整理東西的怜笑不出來。

「於是，他就常常拜託我去幫忙整理房間，不過高中畢業後就沒有了。每次我去幫忙，蘭馬都會請我吃一頓大餐當作回禮，我覺得非常感激。」

「覺得感激嗎？因為你個性溫柔，才會被朋友隨意使喚……啊，抱歉，批評你重要的朋友。」

「不會，其他朋友也常常這麼說。他們都說『蘭馬，不要使喚光彌啦』。」

得知光彌也會與其他人親密往來，怜莫名有種鬆了一口氣的感覺──雖然可能是他太雞婆了。

「不過我還是很感謝他。如你所知，我弟弟死亡後，父母就離婚了，我與爸爸徹底斷絕往來，生活上一時間過得相當艱辛。蘭馬他一直很關心我，他確實不擅長打掃整理，卻找理由請我吃飯，我真的很高興。被人同情不是很討厭嗎？」

怜心想，原來如此。

救濟與被救濟的人之間，不可能是平等的關係。如果一昧救濟而導致對方失去活力，那就稱不上是溫柔了。

「是啊……所以……」

光彌露出難為情的笑容，把圍裙收進包包裡。

「我還蠻喜歡等價交換的關係……我有從連城先生身上收取報酬，所以請你不用在意。」

（等價交換嗎——這麼說也沒錯。）

他們兩人之間的關係，大概也只能用這個來形容了。

正當怜沉思著這些事情時——

「抱歉，我接個電話。」

放在桌上的手機震動了起來，刑警的反射神經讓怜立刻接通電話。

『連城，抱歉在假日打給你，有案件發生了，希望你能來支援。』

上司土門的聲音傳了過來。對方緊繃的嗓音，透露出事情有多麼重大。

「是。」

『謝啦。現場調查工作已經開始了，你先過來警局一趟再前往案發現場……市內某棟公寓發現了非自然死亡的屍體。』

「我立刻出發！」

『嗯，細節來警局再說。』

然後，通話就此結束。

怜雙手合十，朝一直注視著這邊的光彌擺了擺。

「抱歉，光彌，我必須馬上過去……你特地幫我煮了飯，對不起。」

「請不用顧慮我。」

怜匆匆忙忙地從椅子上起身，光彌朝他聳了聳肩後回道。

當怜回房間換好衣服衝下樓梯時，光彌已經收好東西做好離開的準備，包包也背到了肩膀上。

「沙拉我已經包了保鮮膜放進冰箱裡，燉牛肉還很燙，所以還放在料理臺上，天氣這麼冷……只放一天應該不會壞。」

「抱歉……你的工作速度這麼快，真是幫了我大忙。」

歉意讓怜感覺自己的聲音變小聲了。如果案件太複雜，他或許會暫時回不了家。

「……假如我一天以上回不來，就打電話給你。到時候希望你進來我家，把這些料理吃掉，畢竟你都特地煮好了。」

怜把放在鞋櫃上的備份鑰匙遞給光彌。

光彌來回看了看怜與鑰匙一會兒後，輕輕點了點頭收下了。

「我明白了，工作加油——話說回來，這次是什麼案件呢？」

「恩海市內發現了非自然死亡的屍體，可能有他殺嫌疑。」

怜一邊用鞋拔把腳套進鞋子裡一邊回答。

「……總覺得這座城市的案件真是源源不絕。」

光彌扣上大衣前襟後低聲說道。

2

（喝太多了。）

味澤幾郎一邊踏出店門一邊深感後悔。

他已經醉到無法自己站著了，但還是能冷靜地意識到自己喝過了頭。

「味澤學長，你沒事吧？」

撐著味澤身體的良知蘭馬擔憂地看著學長的臉。

「我沒事，我沒事……嗚喔！」

味澤走得東倒西歪，差一點往前摔到地板上，蘭馬迅速把他的肩膀往自己的方向拉。

「抱歉……」

「不會。我家很近，我送學長回去吧。」

說完，蘭馬露出看得見潔白牙齒的笑容。

（人長得帥，個性又好，所以才會這麼受大家歡迎。）

味澤不自覺嫉妒起扶著自己的這個優秀男生。店家的燈光打在蘭馬的側臉上，映照出宛如偶像的端正五官。

蘭馬那頭染成淺棕色的頭髮與花俏的耳環，剛開始會讓人誤以為他很浪蕩，但只要稍微交談過，便會知道他其實是個相當正派且紳士的男生。就讀一年級的他還未成年，不能喝酒，但願意像這樣照顧醉漢，便讓人不得不承認他的度量很大。

「真是的，我不是早就跟你說了嗎。」

瀧響平哈哈大笑，然後拍了拍味澤的肩膀。

「一鼓作氣喝下那麼多酒，不管是誰鐵定都會醉倒。不過，我也不是不了解你的心情啦，你應該是想把很多事通通忘掉吧。」

說完後，瀧別有深意地托了托墨鏡。味澤雖然內心很不悅，但也只能瞪著對方而已。

（你這種人了解個屁！）

瀧說的沒錯，味澤確實想忘掉一些事。他一心想忘掉吳町澄香，於是今晚一直大口灌酒。

在聯誼開始之前，因為擔心自己喝醉之後會順勢講出不該講的話，所以他原本打算滴酒不沾，然而當周遭的人開喝之後，他卻敗給了酒精的誘惑。

（真想把記憶通通消除掉。）

味澤忍不住大大地嘆一口氣。

「喂喂，阿味，不要把充滿酒臭味的呼吸噴到學弟身上啦。對吧，良知？」

「不會不會，我沒關係的。」

蘭馬重新撐好味澤的肩膀，味澤感受到一股不可名狀的辛酸滋味。

「算了，這樣也沒什麼不好，畢竟吳町和筒見今天都沒來。」

瀧的嘲笑已經越了界，味澤忍不住怒氣上湧。

「……嘖！閉嘴！你給我滾！」

他口齒不清地怒吼，瀧身體一抖回答「哇，好可怕」，然後咻地趕緊轉身離開。

「既然你這麼說，那我就回去啦——良知，這個醉鬼就麻煩你囉。」

瀧迅速朝車站方向走去。

其他參加聯誼的人早就全都走了。他們似乎是在擔任本日負責人的味澤去結帳時解散的，相當冷淡無情。

「那我們也回家吧。」

蘭馬帶著鼓勵涵義地拍了拍味澤的肩膀，邁步往前走。

「……抱歉。」

味澤再次向蘭馬道歉。

兩人離開一整排店面仍在營業的站前馬路，踏進光線昏暗的街道。

此時時間已經是十點出頭了。

從喝酒的店出發走了十五分鐘左右，來到自己所住的公寓附近時，味澤試著開口找蘭馬說話。

「良知，我問你，你在高中應該也很受歡迎吧。」

「不，怎麼可能呢。」

蘭馬靦腆地笑了笑。

「少騙我了。一聽到今天你會來，平常不會出現的那些女生全都跑來參加聚餐了。」

「大家都是相信身為負責人的味澤學長的名聲才來的啦……我有個從國中到大學都一直同校的朋友，那傢伙長得超帥，成績又好，我喜歡的女孩子全都喜歡他。」

「聽了真讓人不爽。喜歡的人被橫刀奪愛，虧你還能和對方當朋友。」

突然間，味澤自我反省了起來，筒見陣那張令人作嘔的面孔掠過腦海。

「因為那傢伙不是壞人，甚至可以說他是超級棒的人。而且他好像對談戀愛不太感興趣，我們從來不曾在這方面起過衝突。」

就在味澤恍惚地思考時，蘭馬拚了命幫朋友說好話。味澤把蘭馬那些差點被自己左耳進右耳出的話反芻了一遍後，不禁露出苦笑。

（那種超討人厭的優等生是「超級棒的人」嗎？在這小子眼中，這個世界想必很漂亮吧。）

「而且那傢伙和我一樣是社會學院的喲。」

兩人往前走進一條沒有其他行人的陰暗街道，同時蘭馬繼續描述自己的朋友。

「我是吊車尾考進創櫻大學的，但那傢伙的成績其實好到可以上國立大學。不過因為他想修犯罪心理學，所以就進來我們社會學院了。」

就蘭馬的描述聽來，他的朋友是個非常古怪的男生，尤其犯罪心理學這個詞彙格外可疑。

「感覺是個很有魅力的男生耶，下次把人帶來社團吧。」

蘭馬沒意識到學長的挖苦，笑著回答「好」。

「我想他應該不會來參加聚餐，不過我可以帶他去社團辦公室看看。啊，他的名字叫……三上……」

他說到一半停下來，一臉震驚地凝視著前方。味澤順著他的視線看過去，發現好幾臺警車停在公寓——也就是他自己所住的公寓前。

（喂喂……不會吧？）

味澤感覺到背部冒出了冷汗，同時他鬆開蘭馬的手臂，搖搖晃晃地往前跑。夜已經深了，然而一堆愛湊熱鬧的群眾卻全聚集到公寓周圍。味澤撥開人群，主動開口朝站在大門前的警察說道。

「不好意思，我是這裡的住戶……請問發生什麼事了？」

臉型有稜角的警察用銳利的目光瞪向他。

「這棟公寓裡發現了非自然死亡的屍體。」

「咦，什麼——屍體？」

味澤大驚失色，失控地大叫出聲，醉意瞬間全跑光了。是誰的屍體，在哪間房間發現的——？諸如此類的正常疑問在他腦中盤旋。

「等一下，您說屍體……請問是在哪裡發現的？」

「在一〇三號室。」

「咦……啊？」

味澤啞然失聲。他的大腦完全無法理解究竟發生了什麼事。

（這個警察說了什麼……？聽不懂……）

當他的嘴巴茫然地一張一闔的時候，身後傳來了「一〇三?!」的大叫。追著學長跑過來的蘭馬，顯然也聽到警察的話了。

「味澤學長！我記得……你家就是一〇三號室對吧？」

聞言，警察臉色一變。

「咦，你是一〇三號室的住戶？等、等等，能不能請你過來一下呢？」

警察抓住味澤的手臂，幾乎算是把人硬拖著往前走，蘭馬也跟了上去。

這棟公寓的一樓並沒有建造牆壁與外界做區隔，因此能感受到圍觀群眾的視線刺在自己身上。看到自家一〇三號室的大門大敞，玄關蓋了塑膠布，味澤立刻沒心思去在意別人了。

「啊……這是在幹嘛？」

「對不起！麻煩過來一下！」

警察不理會一臉愕然的味澤，大聲朝屋內呼喚，然後一個相貌精悍的短髮男人從屋內走了出來。

「怎麼了？」

「啊，連城先生，這個人是一〇三號室的住戶。」

「那麼，您就是味澤幾郎先生嗎？」

名叫連城的刑警眼睛一亮，目不轉睛地看著味澤。

「我們打了很多次電話給您，為什麼不接呢？」

「啊、啊啊？我聽不懂你的意思……話說這些……」

蘭馬走上前，代替已經語無倫次的味澤回話。

「不好意思，刑警先生，我是味澤學長的學弟。學長的手機在聚餐中途沒電了，可能是因為這樣才聯絡不到他。」

「啊，原來如此。」

「不對，現在不是原來如此的時候吧！這裡是我家耶，你們有搜索令嗎？我真的會告你們喔，我是法學院的學生。」

味澤也搞不懂自己在胡言亂語什麼，但他露出一副想衝上去毆打警察的模樣朝連城控訴，而蘭馬則拚命攔住他的手臂。

「真的非常抱歉，我們警察接到了匿名報警，說『〈白百合莊〉的一〇三號室傳出了男女爭吵的聲音，緊接著就聽到了女生發出慘叫。那個女生可能被人打死了』。我們恩海警局同仁趕到這裡後，發現大門是開著的，於是就衝了進去……然後發現有屍體。」

「少胡說八道了！怎麼可能會有屍體！給我滾開！」

味澤推開連城，直接穿著鞋子走進自己家。

（怎麼會！怎麼可能有屍……）

經過簡樸的廚房，他探頭朝六張榻榻米大的和室裡看，結果——

「嗚啊……嗚哇啊啊啊啊！」

味澤無意識地尖叫出聲。害怕至極的他一屁股跌坐在地上，忘了四周正進行作業的警察的視線，像個小孩子似的開始顫抖起來。

和室裡的景象令他難以置信。

第一個映入眼簾的是純白色的襯衫，接著，是從黑色裙子裡伸出來宛如人偶般靜止不動的腳。

吳町澄香的遺體就倒在榻榻米上。

3

離開警局後，蘭馬朝家裡走去。

蘭馬和味澤已經確認過，死者身分是與他們同社團的女生——吳町澄香。然後，他們兩人被帶到警局來，分別在不同房間裡進行偵訊。蘭馬馬上就被放出來了，但味澤的偵訊還要用上一些時間。

蘭馬在深夜兩點回到家裡。他住在位於恩海市內的老家，與雙親及妹妹同住。這個時間大家都已經熟睡了，因此他沖過澡後，就踮著腳尖鑽進自己房間去。可是躺到床上後，他卻翻來覆去睡不著。明明身體已經疲憊不堪，大腦卻還很清醒。

（味澤學長……已經離開警局了嗎？）

蘭馬翻了個身，試著思考這起案件，可惜警方提供的資訊只有一點點。先前在被刑警偵訊時，蘭馬把味澤與死者之間的感情不太穩固的事也說出來了，然後這份愧疚感一直折磨著他。

（味澤學長那麼震驚……所以他不可能是殺人凶手。這中間應該有什麼誤會。可是，萬一我的證詞被曲解的話……）

這樣的擔憂掠過腦海，讓他在逐漸進入半睡半醒時又清醒了過來，簡直是負面循環。

於是蘭馬果斷地從床上爬起來，換好衣物整理儀容後，偷偷走出家門。當他騎上摩托車的時候，已經快要清晨五點了。

摩托車奔馳在昏暗的恩海市裡。十一月底的黎明時分，空氣如刀割般寒冷。路上幾乎沒有車輛，大約十分鐘後，蘭馬抵達了〈恩海宅邸〉[4]。

他衝上樓梯，謹慎地確認過門牌後才按響電鈴。

「快來開門……」

蘭馬帶著祈禱低喃。很抱歉在這種時間將對方從睡夢中挖起來，但此刻自己真的只能拜託「他」了。

沒多久，屋內有了響動。拖著腳步走路的聲音響起，大門被打開一條細縫。

4 此處指的是名為〈恩海宅邸〉的集合住宅。

「怎麼這時候過來……蘭馬？」

朋友揉著睡眼惺忪的眼睛出現在面前。平日總是綁起來的長髮輕輕披散在肩膀上，白皙的皮膚配上端正的五官，在陰暗的光線下看起來宛如女孩子。

「抱歉，把你吵起來。可是我只能拜託你了……」

「發生什麼事了？」

對方一邊從鞋櫃中拿出拖鞋，一邊用有點沙啞的聲音詢問。

「……我社團裡的學姐被人殺害了，發生殺人案了！」

「啊？」

光彌手中的拖鞋掉到地上。

＊＊＊

光彌帶著蘭馬走進客廳裡後，蘭馬眨了眨眼睛。

「哇，你家還是一樣這麼漂亮，哈哈，連遙控器都排得整整齊齊。家裡整理得太漂亮，不會覺得反而靜不下心嗎？」

「看你這麼有精神，我就放心了。」

光彌先是無語，然後一邊挖苦對方一邊以動作示意蘭馬在沙發坐下。

「坐吧。需要我去泡個咖啡嗎？」

「不，不用這麼麻煩……在這種時間不請自來，是因為我想聽聽你的意見。從以前開始，你不是就對犯罪還有警察之類的事很清楚嗎？而且，高中時你還是解決了竊盜事件的名偵探！所以說這次的殺人案……」

「等一下，你可以按照順序說明一下嗎？」

「啊，抱歉。我想想，事情是昨天晚上發生的……」

接下來，蘭馬按照時間順序把前後經過通通說出來。

包括電影研究會舉辦了聯誼，自己把酒醉的學長送到公寓去，接著警察出現，屋子裡出現了屍體——

「死亡的是電影研究會的吳町學姐。她讀三年級，與味澤學長同年級。學姐常常參加社團活動，我也受她很多照顧……」

蘭馬說著說著垂下了頭，光彌沉默地摸摸他的膝蓋。他知道在這種時候，安慰的話語會有些蒼白無力。

「……可是，我沒辦法說出什麼了不起的意見。」

過了一會兒後，光彌才開口。

「從情況來看，警方懷疑味澤學長是凶手對吧？」

「嗯。學長他好像還在接受偵訊，可是……我總覺得有哪裡不對勁。當時我人也剛好在現場，味澤學長在看到屋子裡的屍體時，我聽到了他發出尖叫。我實在不認為學長是在演戲。」

「這一點讓我有些在意。既然警察早已經到了，首先應該會聽到他們解釋『屋內發現了屍體』才對。在已經得知消息的情況下看到屍體，還是被嚇得尖叫嗎？」

「不，因為在那個時間點，我們還不知道是誰的屍體。我也是聽到味澤學長的尖叫聲之後，才跟刑警一起進入屋內的，發現倒在房間正中央的是吳町學姐時，我真的超震驚的。」

「啊啊，原來如此。」

光彌一邊撥弄長髮髮尾，一邊沉思了一會兒。

「其他呢？你相信味澤學長不是凶手的原因是什麼？」

「嗯……因為我實在很難把自己認識的人當成殺人凶手。縱使對方有什麼動機……」

「你說的動機是什麼意思？」

聽到光彌這麼問，蘭馬一臉尷尬地垂下視線。

「其實……味澤學長與吳町學姐到上個月為止都還在交往。」

他的雙手手指相貼，同時一點一滴慢慢說出來。

「我在春天加入社團的時候，他們兩人已經在交往了。大概已經交往一年了吧？可是……上個月他們分手了。」

「是嗎。」

光彌簡潔地應和。他一直過著與戀愛無緣的生活，因此不太清楚社團內部有情侶分手的嚴重性。

「如果只是情侶分手的話，其實算是很稀鬆平常的事。但問題是，這個月月初吳町學姐與其他學長開始交往了。」

蘭馬拿出手機，打開相簿給光彌看。

「這是九月文化祭時拍的照片。這個人就是味澤學長，這邊則是吳町學姐。」

照片裡的學生們都穿著相同的粉紅色T恤。位於第一排身材魁梧五官立體的男生就是味澤，然後隔壁身材嬌小的短髮女生就是死亡的吳町澄香。她的眉眼輪廓深邃，給人一種個性好強的印象。

「然後，學姐這個月初開始交往的人是……這個，筒見陣學長。」

蘭馬指著一個身材較高、眼神銳利的青年。

「老實說，筒見學長和味澤學長從以前就超級水火不容，但我不知道原因是什麼。所以說，當吳町學姐開始和筒見學長交往後，味澤學長好像就更生氣了……」

「如果他把怒火矛頭指向吳町學姐，便足以構成殺人動機了。你把這件事告訴警察了？」

蘭馬在沙發上動了動身體，似乎有些坐立不安。

「嗯，我說了……因為他們問我味澤學長和吳町學姐之間的關係。這種告密的感覺我實在很討厭，可是不說的話，警察應該不久後也會知道……」

「這件事你沒有做錯。」

光彌站起身，走到窗邊去，眺望窗簾另一邊逐漸透露出清晨氣息的天空。

「我不知道自己能幫上什麼忙……不過，如果把味澤學長當成殺人凶手，確實有一些地方怪怪的。」

他轉身看向目瞪口呆的蘭馬，斬釘截鐵地說。

「這起案件肯定有內情。」

4

沒多久就快到六點了，天空開始慢慢泛白。

無論是伶還是坐在面前的重要涉案人士都沒有時間睡覺，便迎來了黎明。

「拜託你饒了我好嗎，刑警先生。我真的什麼都沒做。」

涉案人士——味澤幾郎用寬大的手掌摀著臉訴說。

伶感到微微心痛。他偵訊的這個男生年齡比自己還小，身分仍是學生，看起來完全不知所措，累到了極點，並且十分害怕。這個男生嗓門洪亮，加上五官立體，看得出平日屬於充滿精力的類型，然而現在卻徹底失去了活力。

但縱使是罪犯，一旦身處偵訊室面對刑警，整個人萎靡下去也是正常的。伶故意狠下心逼問道。

「您還沒有說出自己做了什麼。不過，您應該也明白，目前情況對自己相當不利吧？」

「如果你是指屍體是在我家發現的事……」

「不只如此，還包括您與死者之間的關係。」

味澤深深地——同時帶著酒臭味——嘆了一口氣。

「你是想說我有殺人動機對吧？我確實對澄香感到火大……良知他肯定已經出賣我了吧，我懂。」

「請您慎言。良知同學在說這件事時也遲疑了一會兒，並且他也強調說『我不認為學長是凶手』。」

味澤瞬間垂下雙眼。在怜看來，這是一種罪惡感的表現，而且是純真的學弟信任自己，然而自己真的有罪的罪惡感——

「那我把事情的發生經過再依序重複一遍。」

怜抱著最後一次再加把勁偵訊的念頭，開口道。

「案件發生日已經算是昨天了，我們再重新回顧一次十一月二十九日吧。您和平常一樣，在自己就讀的創櫻大學上課。」

「沒、沒錯——因為是星期四。」

「然後當天晚上，您與吳町同學參加的電影研究會預定舉辦聯誼。」

味澤露出不耐煩的神色，聽到一半便開始點頭。

「嗯——沒錯，從晚上七點開始。」

「接著，我們來回顧死者吳町同學的行動。她是經濟學院的大三生，從選課單來看，昨天她要上的課只有第四節的總體經濟學而已。這節課在下午四點十五分結束，然後，她在創櫻大學前站搭上電車，在自家所在的恩海站下車。我們檢查過恩海站的監視攝影機，裡面有拍下她走出剪票口的那一幕，當時是四點三十五分。」[5]

怜說到這裡就停下來，盯著味澤的臉看。味澤一臉不耐煩，動作誇張地嘆了一口氣。

「然後，根據驗屍官的報告，吳町同學是在下午五點到七點之間遭人用凶器打死的。」

「我沒殺她！」

味澤怒吼著站起身，怜舉起雙手進行安撫。

「請您冷靜下來。為了證明這一點，現在重要的是您的不在場證明。您下午的……我想想，請告訴我您從下午四點開始的所有行動。」

「我不是說過了?!我也有上第四節課，然後去參加七點的聚餐。」

「從四點到七點，麻煩您詳細說明這三個小時的行蹤。」

味澤改變了好幾次坐姿後，才高傲地雙手環胸開口回答。

「下課後，我去大學圖書館借書……我大概是四點五十分在創櫻大學前站搭上電車的。從那裡到恩海站要十五分鐘，然後，從恩海站到我住的公寓也要十五分鐘，所以說，我大概是在五點二十分左右回到公寓的……嗯，差不多。接著我就去洗澡、換衣服……就是在公寓裡放鬆休息。」

「您大概在幾點離開公寓呢？」

聽到怜的問題，味澤做出了稍微沉思了一下的動作，然後視線飄向偵訊室各個地方，

5 日本大學一節課的上課時間超過一個小時，接近臺灣大學兩節課的時間，因此第三、四節課通常在下午。

游移不定。

「呃，聚餐是七點開始，六點四十五分我們在恩海車站前集合……嗯，所以我是在六點半出門的。」

「這樣啊……對了，據說死者吳町同學也住在恩海車站附近呢。」

「嗯，我住的公寓在東口這一邊，她家則是在鐵軌另一邊的西口。」

「吳町同學的死亡推測時間估計在五點到七點之間……」

雖然內心有幾分難受，但怜還是說出了這句話。

「這段時間您一個人待在家裡，請問有證人嗎？」

「……怎麼可能會有，我自己一個人住耶。啊啊，真是夠了，我到底要怎麼做……我實在想不通，為什麼會變成這樣？」

味澤擠出這些話後，雙手抱住了頭。雖然他的反應看起來不像演戲，但世上有些罪犯在被警察逼到絕境後，反而會深信自己才是可憐的被害者。怜判斷他現在應該再加把勁。

「搞不懂？自己家裡出現了屍體耶。」

「所以說，我搞不懂為什麼啊！我出門的時候，家裡根本連澄香屍體的半根頭髮都沒有。」

「但毫無疑問的是，吳町同學有上門去拜訪你。貴府玄關有她的鞋子，她的包包也掉在屍體旁邊。此外，她的大衣還掛在盥洗室的籃子上。對了對了，洗臉臺裡還檢測出她所使用的相同粉底。」

「你說的鞋子、包包、大衣我通通不清楚……而且，沒人知道粉底是什麼時候沾上去的吧？況且最近她還來過我家。」

「姑且不論粉底，其他的鞋子、包包、大衣，全都與車站監視器拍到的她身上所穿的衣物一樣。昨天，吳町同學確實去過您的房間。」

「她沒有來！至少……我在家的時候沒有。」

味澤始終否認。怜克制住想嘆息的欲望，目不轉睛地看著味澤的臉。

「那麼，是有人在您出門參加聯誼後偷偷潛入屋內，並把屍體搬進去嗎？」

「現在只剩這種可能性啊。」

「可是，味澤同學，您出門時沒有鎖門嗎？」

「不，我有鎖……不，等一下，我知道了！原來是這麼回事！」

味澤突然大叫並站了起來，怜示意亢奮的他坐回椅子上。

「請冷靜一點。您想到什麼線索了嗎？」

「嗯，說不定能一舉證明我是無辜的！」

「什麼意思？」

味澤瞪大了充滿血絲的雙眼，喋喋不休地說。

「首先啊，任何人都可以偷跑進我家。也不是說所有人，而是知道我藏鑰匙的地方的人。我有事先準備了備份鑰匙——就藏在冷氣室外機下方，為了在弄丟鑰匙的時候也能回到家裡。」

怜心想，這個人也太粗心大意了，但現在不是追究這一點的時候。

「有誰知道這件事呢？」

「我想想，我是從上個月開始藏鑰匙的。之前出門時我在外面弄丟了鑰匙，但也沒辦法深夜哭著去拜託朋友收留，只好去公園過夜。後來鑰匙被車站列為失物招領，於是被我拿回來了，但我也已經留下了心理陰影，便決定把備份鑰匙藏在室外機底下。先前大家來我家喝酒的時候，我把這件事告訴了電研的成員們了——嗯，沒錯，那些人都知道。」

味澤敲了敲桌子，朝怜的方向傾身向前。

「還有，我跟你說，我現在想起來一件很重要的事。這件事之前我都忘了。電研裡有一個叫瀧的人，他是我同年級、同學院的朋友。」

「那位瀧同學怎麼了嗎？」

「他或許可以證明我是清白的——因為那傢伙在我出門之後，拿備份鑰匙開門進我家了！」

5

筒見陣在七點前醒了過來。

平日他都會睡到九點出頭，今天卻自然清醒了，於是躺在棉被裡滑手機。

（還沒人聯絡我嗎？）

他慢吞吞地爬起來，穿上刷毛外套，推開紙拉門，緣廊上破掉的窗戶玻璃映入眼簾。雖然已經貼上報紙做修補了，但那模樣讓筒見很不愉快。他搖了搖頭，為了讓心情平靜下來，轉而凝視庭院。

筒見一個人住在這棟房子裡。這裡原本是母親那邊的爺爺家，爺爺奶奶死後，這裡就成了空屋。因為他的父親已經在東京都內蓋了一座宅邸，所以不知道該怎麼處理這棟房子。其實要賣掉或是夷平當成建地都可以，但唯獨這棟氣派豪華的房子讓筒見夫婦遲遲做不了抉擇，後來便決定讓就讀的大學離家很遠的兒子拿去運用。

這棟房子附有一座美輪美奐的日本庭院，但池子沒有注入水，裡面淤積很嚴重。筒見一直盯著開口朝上動也不動的「鹿威」看。

驀地，昨天發生的「不愉快意外」掠過腦海——

「可惡！」

筒見一拳捶在冰冷的窗戶上，狠狠罵了一句。

「開什麼玩笑！」

就在這時候，手機響了。筒見回到和室裡，看著手機螢幕。是電影研究會的同學——瀧響平打來的。

做了一個深呼吸後，筒見觸碰了下螢幕。

『喂，筒見？是筒見嗎？大事不好了，你冷靜一點聽我說。其實我也才剛看到良知半夜傳來的簡訊……』

然後，瀧告知了吳町澄香的死訊。

一如筒見的預料。

＊＊＊

抵達公寓停車場時，太陽已經升起了。

太陽的耀眼光芒讓光彌瞇起了眼睛，同時開口問：「你們集合的地方在哪裡？」

「大學的、行政中心裡！」

蘭馬一邊回答一邊把安全帽遞給光彌，但光彌只是默默看著安全帽。

「……我真的需要去嗎？」

「拜託你啦。」

蘭馬直直盯著光彌說道。短短地嘆口氣後，光彌接過了安全帽。

——因為電影研究會成員要集合，所以希望你也一起來。

先前蘭馬就是這麼說，然後把光彌拉出家門。

坦白講，光彌對這件事絲毫不感興趣。畢竟這場聚會是因為有成員驟逝才發起的，身為外人的自己突如其來插進去，只會讓聚集的成員感到不愉快而已不是嗎。

可是，光彌又實在無法狠心拒絕。

他的腦海中浮現出國中時代的情景。蘭馬在他弟弟過世時一直在旁邊陪伴他，如果想報恩，現在就是絕佳機會。蘭馬雖然和死者並不是感情很好的朋友，但大概也受到很大的衝擊。如果對方希望他陪在身邊，他也只能這麼做。

「你要緊緊抓住我喔！」

「好，好。」

光彌抓緊蘭馬的腰後，蘭馬便發動摩托車騎了出去。

體會著破風疾行感覺的同時，光彌突然想起了一件事。

（對了，連城先生昨天衝出家門，應該也是為了這個案件吧。那個人現在在做什麼呢……）

6

「也就是說，味澤幾郎的不在場證明已經成立了嗎？」

聽完怜的報告，土門瞇起眼睛低聲說道。

「是的。味澤同學從晚上七點到十點都在參加社團的聯誼，然後，晚上七點多——有同社團的學生進入了味澤同學家，那個人作證說當時屋內並沒有屍體。」

土門一邊用原子筆尾端敲桌子，一邊質問。

「那個學生有作偽證的可能嗎？」

怜回以早就準備好的答案。

「沒有。我們剛開始也曾懷疑對方可能作偽證，畢竟作證的學生——名字叫瀧響平——據說是味澤同學的好朋友。」

怜將前後經緯詳細告訴上司。

距今大約一個小時前，怜把瀧響平傳喚到恩海警局。他似乎已經從良知蘭馬口中得知了案件內情，十分配合偵訊工作。

瀧戴著鴨舌帽與圓圓的墨鏡，一身打扮明顯與時下年輕人的流行趨勢不同。他身上的皮夾克帶著香菸的氣味，給人一種舊時光的印象，可是開口交談後，又會發現他確實是時下年輕人。

對於自己昨晚為何會進入味澤家，他是這麼解釋的。

「昨天上午啊，他說想把下午要繳交的報告做完，所以我就把筆電借給他了。因為最近那傢伙的電腦壞掉了。然後，我和阿味——啊，就是味澤——下午都不會碰到面，於是筆電借出去之後，我們就都離開了學校。後來到了五點半左右吧，我打電話給阿味，他對我說『如果等一下舉辦的聯誼你有要來，到時候我把筆電還你』。可是，那時候我心想『等一下啊』，因為我突然想起有一份報告我必須在那一天之內繳交出去。」

「繳交出去？去大學嗎？」

怜一問，瀧擺了擺手說「不是，不是」。

「在網路上繳交就行。最近大家都是這麼做的。只不過我太拖拖拉拉，等把電腦借給阿味後，才突然想起來自己的報告還沒寫。於是我就對阿味說『你把電腦放在家裡吧。如果你同意，我想進你家寫一下報告』。畢竟我總不能在聯誼會場趁大家喝酒聊天時，自己躲在角落寫報告吧。之前我就常常跑去他家，所以今天就打算再借他家寫一下報告，然後那傢伙也同意了。」

瀧繼續往下說。

由於他上到第五節課才下課，所以離開大學已經超過六點半了。然後，他從創櫻大學前站搭電車前往恩海站，去到味澤的公寓。

「抵達阿味家的時候，已經超過晚上七點了……大概是七點五分吧。接著，我花了三十分鐘左右寫報告，因為草稿早就打好了，所以報告也很順利地完成。然後，我就提著筆電前往聯誼會場，抵達那裡時大概是七點五十分左右吧。」

「那時候——你在味澤同學家寫報告的時候，屋內有沒有屍體？」

「沒有沒有，才沒有。我也有借用洗手間，但屋內連屍體的一根手指都沒看到。」

瀧用相當自然的語氣述說，完全看不出說謊的跡象。可是，他的證詞真假十分重要，於是怜傾身向前詢問道。

「您有沒有在公寓附近遇到誰呢？」

「附近……其實我是待在阿味家的時候，遇到了其他人。」

「咦，什麼意思？」

「呃——大概是七點十五分的時候吧？其實我不該這麼批評，但阿味家的屋內空氣有點悶，所以我就開窗透透氣，雖然天氣超冷的，但我實在忍受不了那股溼氣了。後來，就在我寫報告的時候，窗外開始傳來超級嘈雜的聲音。」

味澤家面對公寓的停車場，那片停車場裡有一大群附近的國中男生在玩鬧。原來是一群所謂的「不良學生」在玩煙火。〈白百合莊〉公寓位在一處遠離馬路的偏僻地點，不會有人沒事靠近這裡，不過偶爾會有素行不良的國中生聚集在停車場。

「阿味之前曾經抱怨過，由於白天和傍晚所有住戶都不在家，所以會傷腦筋的只有身為學生的他。可是跑去罵那些人也很麻煩，因此他就置之不理了。」

然而，那時候瀧卻痛罵了那些放煙火的國中生們說「要放去其他地方放」，然後那群人數有五、六個人的國中生據說不滿地嘖了聲離開了。瀧說，當時他們就站在味澤家的正前方，所以應該也有看到屋內沒屍體。

「以上。」

怜做了一個總結，土門用力點了點頭。

「可以麻煩你把這些資訊統整列表嗎？」

怜依照時間先後，把發生的事一一記錄在會議室的白板上。

四點十五分　　大學第四節課結束

四點二十分　　吳町澄香在創櫻大學前站搭上電車

四點三十五分　吳町在恩海站下車（車站監視器拍到）

五點二十分　　味澤幾郎回到家（本人證詞）

六點三十分　味澤離家
六點四十五分　味澤等人在車站前集合
七點零分　聯誼開始
七點五分　瀧響平進入味澤家
七點十五分　味澤家外面有一群國中生嬉鬧（瀧的證詞）
七點三十五分　瀧離開味澤家
七點五十分　瀧抵達聯誼會場
八點十五分　警方收到味澤家有案件發生的匿名報案
八點三十分　警察發現屍體
十點零分　聯誼結束

（※上列時間是下午）
【備註１】吳町的死亡推測時間是下午五點到七點之間。
【備註２】創櫻大學前站到恩海站車程十五分鐘

「好了。」
將麥克筆放回原位，怜拍了拍手，朝土門說道。
「如果能拿到這些國中生的證詞，就能證明味澤同學家到下午七點十五分為止都沒有屍體，如此一來，參加聯誼的他肯定是無辜的。派個人去打聽消息吧。」

「是。對了，土門前輩，您打算晚一點要去找相關涉案人士偵訊對吧？」

「是啊。」

「瀧同學先前有說過，電影研究會的成員為了討論奠儀等問題，等一下會舉辦聚會。」

聞言，土門小聲低語「還真恰巧」。

「那我們也去參加吧。」

7

大學的早晨總是來得比較遲。

上午八點的創櫻大學仍是一片鴉雀無聲，從停車場到行政中心的路上也只遇到零星幾個人。

蘭馬和光彌一同進入行政中心。

「啊——冷死人了。」

「你們要在哪裡聚會呢，蘭馬？」

「在以往的電研社團辦公室，就是在……四樓的會議室F。」

兩人走樓梯上四樓。

光彌很少進來行政中心，便帶著一種新鮮感走在走廊上。大學內的建築物一般都有清潔人員負責維持整潔，但這個區域似乎沒有。折疊椅、捲起來的海報、紙箱等等物品堆放在走廊一端，看起來宛如高中文化祭。

會議室F位於這層樓的深處，蘭馬規規矩矩地先敲了敲門等待回應。

「請進——」

一道男生的聲音傳出來。兩人走了進去，但裡面的人實在太少了，讓光彌覺得掃興。會議室裡只坐著一個男生與一個女生。

「早安。」

「哦，良知，真是辛苦你了。」

男生朝這邊走了過來。

「唉，我也被警察偵訊到剛剛才結束。我好像是阿味的不在場證明的證人呢。」

「是嗎？瀧學長辛苦了。」

瀧藏在墨鏡底下的雙眼發亮，視線看向了光彌。

「那邊那一位是？」

「啊啊，他是那個……我的朋友……」

明明是他把人帶過來的，卻完全沒先想好藉口。不得已之下，光彌只好走上前去自我介紹。

「我是社會學院一年級的三上光彌。蘭馬他昨晚也有看到吳町學姐的遺體，導致精神上有一點不穩定，雖然可能會打擾你們，不過我想陪在旁邊照顧他。」

回應這句話的，是坐在折疊椅上的女生。

「你真溫柔。」

女生一邊用有些沙啞的嗓音說話，一邊朝光彌走過來。

「我是經濟學院三年級的名嘉山和菜，目前擔任電研的社長。在這種機會下認識你實在讓人有點悲傷，不過等這起案件落幕後，歡迎你過來玩喔。」

她朝光彌伸出手，並露出符合喪禮期間應有的適當笑容。光彌回握對方的手。名嘉山的語氣圓滑，舉止充滿教養，微微燙捲的髮尾配上那圓潤的臉頰線條，給人一種溫和的印象，不過光彌在她眼中看到了堅韌的知性光芒。

「沒想到良知你這麼膽小呢。」

瀧用略為輕佻的口氣插嘴道。

「竟然還要朋友陪在身邊。還是說，吳町的屍體恐怖到讓你產生心理陰影了呢？」

「話出口前要三思，瀧。」

名嘉山很溫和地勸告瀧，然後探究地看著光彌的眼睛。

「話說回來，三上學弟該不會有在上犯罪心理學入門的課程吧？」

「是的。」

「果然沒錯。我也有上那堂課，覺得你很眼熟。原來你就是總是坐在第一排、對老師提出犀利問題的那個三上學弟。」

她朝光彌又靠近了一步，然後問道。

「難不成你是對澄香被殺的案件產生了興趣？雖然你說是要陪在良知身邊照顧他，但他看起來並不是很虛弱。」

蘭馬一臉歉意地抓了抓頭。

「對不起，名嘉山學姐，是我拜託光彌過來的，那個……我想麻煩他調查這個案件。」

「喂喂，這到底是怎麼回事？」

瀧像個西洋片演員似的，動作誇張地舉起雙手。

「光彌很聰明，高中時曾經解決過竊盜事件……在這次的命案裡，他也已經發現到疑點了。」

「意思是他是名偵探嗎？哈哈，就像演電影一樣。」

「不要亂開玩笑，瀧……三上學弟，方便的話，麻煩你告訴我們發現的疑點。」

受到三雙眼睛關注，光彌垂下視線開口道。

「我聽蘭馬說，味澤學長成為了首要嫌疑犯，但我發現其中有些疑點。」

「啊，我有聽說澄香的屍體是在味澤家裡被發現了。所以說，疑點是什麼？」

「再怎麼說，味澤學長有參加聚餐是事實，這一點無庸置疑。」

「這的確很奇怪。有誰會把屍體丟在家裡自己出門去。」

蘭馬用力點了點頭，然後又心生疑惑。

「……啊，但那是因為味澤學長昨天擔任聯誼的負責人，要是臨時取消，之後大家肯定都會懷疑他吧。所以說，逼不得已他只好出席……啊，不是，我是說假如殺人凶手就是味澤學長的話。」

「說的也是。對了，那位味澤學長有汽車駕照嗎？」

「有，他有。他不只有駕照，還有車呢，就停在公寓。雖然摩托車很棒，但有汽車實在讓人很羨慕，開車肯定很方便吧。」

朝倫離話題的蘭馬露出苦笑，光彌同時指出重點說「這麼說，情況果然很不對勁」。

「如果他是殺人凶手，在當晚的聚餐上喝酒就有些不自然了。因為，這麼一來他就無法在散會後開車了。既然他有車也有駕照，沒道理不用來遺棄屍體。縱使他要先去聚會上露個臉，也不應該喝酒，不是嗎？假如他是凶手的話。」

「原來如此。」

名嘉山滿臉心服口服地點頭。光彌接著說「還有……」。

「蘭馬說吳町學姐是倒在『房間正中央』，這一點也很奇怪。」

「為什麼？」

「縱使味澤學長為了之後不被大家懷疑而去參加聚餐，也應該把屍體藏到浴室或壁櫥裡才正常。我不認為凶手會讓屍體一直倒在房間正中央。」

「好像是這樣沒錯……！」

蘭馬興奮不已地看向兩位學長姐。

「這麼說，味澤學長果然是被人陷害的！我們應該把這些事告訴警察，不是嗎？」

瀧用雙手制止一臉興奮地蘭馬說「等一下，等一下」。

「我們用不著那樣做，現在去說已經太晚了……而且阿味的嫌疑幾乎已經洗清了。剛剛我正好想跟名嘉山說這件事，結果你們就走進來了。」

瀧說出了昨天發生的事情。

包括他把筆電借給味澤，以及為了筆電而造訪味澤家。然後，在晚上七點出頭遇到了國中男生——

「就是這樣。所以說，聯誼開始後，阿味的不在場證明是真的，只要去問問那些國中生，就能證明阿味家裡一直到七點出頭都沒有屍體。因為那些傢伙有來到窗戶旁，所以應該有看到屋內情況。」

「哦……但這麼一來，警方或許會很快來找我們偵訊。」

名嘉山低語道。瀧用眼神詢問原因，她搖了搖手指並同時說。

「想要證明味澤是清白的，就必須證實他在聯誼時的不在場證明是真的。當前警方應該只偵訊了瀧和良知而已，不過接下來，他們恐怕會想偵訊我們這些參加聯誼的所有人——」

她說到一半，有人敲響了會議室的門。瀧吹了吹口哨。

「這就是所謂的說曹操曹操到嗎？」

他把門打開，門外果然站著兩位明顯很像刑警的人。敲門的那位刑警正準備開口說話，但看到光彌後，整個人僵住了。

「咦……光彌？」

「我就在想會是這樣。」

光彌回視怜並聳了聳肩膀。

8

發現其他人用眼神示意要求說明，怜便解釋自己與光彌之間的關係。

只不過，他只說到自己與光彌曾在先前恩海市發生的案件中見過面。因為光彌以家政夫身分提供協助的事，實在讓怜難以啟齒。

「光彌擁有相當敏銳的推理能力，還曾經為我們的調查提供過協助。」

「咦，真的嗎！是凶殺案的調查嗎？你真是的，光彌！這種事為什麼不告訴我！太見外了吧——」

蘭馬啪啪地拍著光彌的背，怜懷著不可思議的心情望著這一幕。

（沒想到他就是光彌的朋友……）

蘭馬和光彌是完全相反類型的人。不過，光彌的神情也很放鬆，看來他們應該是知心好友。

「好了，我們可以進入正題了嗎？」

果斷開口鞭策工作進度的是土門。

「你是三上光彌對吧。你也是電影研究會的成員嗎？」

他用犀利的眼神看向光彌，光彌輕輕聳了下肩，搖頭否認。

「不是，我是陪蘭馬來的。」

「這樣嗎……其他人都是這裡的成員吧？」

電研的三人點了點頭，土門便請他們坐下。正當大家都坐下，他準備開口的時候——

怜背後的會議室門被人用力打開。

室內眾人的視線霎時全部往門口集中。踏入會議室的，是一個身高很高、眼神銳利的青年。

「筒見！」

瀧叫出對方的名字。怜覺得這個名字有些耳熟，原來這個人就是蘭馬所說的，吳町在與味澤分手後開始交往的男朋友。

筒見似乎是匆忙趕過來的，一邊胸膛上下起伏大口喘氣，一邊卸下圍巾。他擦掉額頭冒出的汗水，看向怜及土門。

「……兩位是警察嗎？」

「嗯，我是恩海警局的土門，這位是我的部下連城。」

「您好，我是筒見陣，就讀國際政治學院三年級。」

「聽說您與過世的吳町同學正在交往，沒錯吧？」

土門一點都不客氣地詢問，聞言筒見皺起了臉。

「……算是吧。」

「那麼，請坐那邊。」

伶緊張地看著土門用嚴肅的嗓音請人坐下。這位上司偶爾會露出霸道的一面。

「現在我們終於可以進入正題了。總之——就是關於昨晚，吳町澄香同學被殺一案。」

「那個，不好意思想問一個基本的問題。」

名嘉山迅速舉手問道。

「警方已經確定她是被殺的嗎？依照良知和瀧的描述，澄香是被鈍器打死的。請問有沒有可能是她摔倒導致意外死亡的呢？」

「那種事的可能性是零。」

土門斬釘截鐵地說。

「因為死者後腦杓的撕裂傷，顯然是被鈍器毆打而成的。此外，從屍斑的狀況來看，屍體死後肯定曾被搬動過。味澤同學家並不是行凶現場，而是有人在其他地方殺死吳町同學後，再把人搬過去的。」

「原來如此。殺人凶手就在我們電影研究會裡面——您的意思是這樣吧。對了，味澤好像曾經在我們面前說，他把備份鑰匙藏在室外機下面。這件事刑警先生已經知道了吧？」

「看來我不用再多說什麼了。妳說的沒錯。」

土門果斷地回答後，眼睛掃視所有人。

「那時候——就是味澤提起備份鑰匙的話題時，有誰在他家裡呢？」

「哎呀，那也太巧了吧。」

瀧用滑稽的動作舉起雙手。

「現在在場的所有人，正是阿味提到備份鑰匙時在他家的人呀，除了一年級的良知以外。我說的沒錯吧，名嘉山？」

「嗯，因為那天只有我們幾個同年級的一起去聚餐。就是我們三個，還有澄香……那天是……十九號，所以是十天前的事了。」

「原來如此。那就請當天正好在場的三位一一自我介紹。」

看到土門用眼神打了暗號，怜便把包含已經認識的瀧在內的三個人名字記錄下來。

名嘉山和菜、瀧響平、還有筒見陣——

「可是，刑警先生，你們是如何得知味澤不是凶手的？」

筒見用尖銳的聲音插嘴。

「我聽瀧說過了，屍體是在那傢伙的家裡發現的。你們說屍體有被搬動過的痕跡……也有可能是他在家裡的其他房間把澄香殺死後，再把屍體搬到和室去，不是嗎？」

「啊，關於這一點……」

怜介入對話進行說明。筒見以外的學生並沒有什麼太大的反應，可見他們已經從提供證詞的瀧口中聽說過來龍去脈了。

「哼……你應該沒作偽證吧，瀧？」

筒見用很高傲的口吻詢問，瀧抿緊了嘴唇。

「這種話你也說得出口。」

「和室是吧？」

光彌突然輕聲說了這麼一句話。筒見露出一副現在才注意到他存在的神情，並皺起了眉頭。

「對了，你是誰？」

「抱歉，現在才自我介紹。我是一年級的三上，陪蘭馬過來的。」

「啊，是嗎……所以你剛剛說和室怎麼了？」

「不，說的人應該是您吧？您說，凶手或許是『在家裡的其他房間把人殺死後，再把吳町學姐的屍體搬到和室去』。我都不知道，原來那個房間是和室。」

筒見用鼻子輕哼了一聲。

「啊，是嗎？那是因為我進去過味澤家的緣故吧。」

光彌低聲說原來如此，然後便沉默不語了。土門瞥了他一眼後，重新看向筒見。

「話說回來，筒見同學，死者的死亡推測時間是昨天傍晚的五點到七點——請告訴我們那段時間內你的所有行動。」

「什、什麼？」

筒見臉色一沉，狠狠瞪著土門。

「你這話是什麼意思？你懷疑我嗎？澄香她可是我的女朋友耶。」

「問這個問題是為了慎重起見。」

「……雖然很不爽，但我還是回答你吧。」

他皺著臉思考了一會兒，但隨即露出洋洋得意的笑容。

「啊啊！你說五點到七點對吧？哈哈，真可惜啊，刑警先生，我有不在場證明。」

「願聞其詳。」

「我啊，一直在恩海站的車站大樓裡的咖啡店打工。昨天我下午沒有課，所以下午三點到下午六點三十分都待在咖啡店裡。因為換班的工作人員一直沒來，於是我在那裡滯留到六點五十分。請你們去查查看吧。」

怜連忙寫下剛剛的證詞與咖啡店店名。如果這些證詞是真的，那麼筒見是凶手的可能性很低。

「我明白了，我們會去調查。」

土門面不改色地回應。

「請問我可以說句話嗎？」

名嘉山舉起手。土門擺擺手請她發言。

「對於澄香昨天的足跡，不知道警方了解多少呢？我會這麼問，是因為從離開大學到地下鐵車站的期間，我一直和她待在一起。」

「真的嗎？可是，我們已經檢查過車站監視器拍到吳町同學的片段了。」

「啊，抱歉，是我多嘴了。」

名嘉山縮了縮肩膀，怜見狀開口說：「請別那麼說！」

「我想，吳町同學最後見到的人應該是妳——除了凶手以外。當時她的模樣有沒有哪裡不對勁？」

「沒有，就跟平常一樣。我們一起上總體經濟學，然後一邊聊今天聯誼時要做什麼之類的話題，一邊朝車站走去。澄香說『如果能去我就去』——當她這麼說的時候，通常代表不會來參加——然後我們就很平凡地在車站道別了，因為我和她搭的電車是反方向。」

「原來如此，謝謝妳提供的資訊。」

土門一邊點頭一邊溫和地說。

「那麼，最後一個問題——方才鑑識課送來了一份報告，內容說發現吳町同學右腳的絲襪上，沾附了狀似細碎玻璃片的物體，大小只有三公厘。各位有沒有什麼頭緒呢？」

「這種事去問阿味不就知道了嗎？」

面對瀧的質詢，伶回以「他說他不知道」。況且，除了被害者腳上，調查人員並沒有在屋內其他地方找到相同物體，因此才會詢問大家。

結果，沒有半個人知道關鍵的那個玻璃碎片是什麼。

之後，電研的成員們又回答了土門的幾個問題，可惜卻沒出現任何可以做為參考的證詞。

9

「昨天你提到的朋友就是良知嗎？因為『蘭馬』這個名字很罕見，讓我覺得這次的偶然相遇真是不可思議。」

走出會議室後，伶開口朝光彌說道。

聽到吳町的訃聞後，連平常不露面的電研成員都聚集到社辦來，因而兩位刑警與光彌決定先逃跑。不過，土門有先找來昨天有參加聯誼的十個學生，一絲不苟地向每個人確認味澤從頭到尾都待在會場。

「我也很驚訝，沒想到蘭馬竟然與連城先生昨天趕出門處理的案件扯上關係。」

「你也是，身邊常常發生案件呢。」

按下電梯「開」的按鈕後，土門一邊等光彌一邊開口說道。等光彌走進電梯後，金屬門關閉，電梯開始往下降。

「不過，問題在於筒見陣。」

「沒錯。」

土門與光彌互相點了點頭，伶一頭霧水地來回看了看這兩人。

「什麼意思？」

「原來你都沒發現嗎，連城？」

土門斜視伶，同時回答道。

「他一口斷定被害者屍體的放置地點是『和室』。案發現場是味澤幾郎家——他們之間可能討論過這個話題，但我不認為他會得知那麼深入的資訊。筒見陣很可能已經預先知道了案件細節。」

「但我們無法肯定。」

電梯門開啟的同時，光彌低聲說道。

「如果是一房的公寓，除了房間外，應該只會有廁所和廚房而已。既然筒見進去過，第一個聯想到的地點是『和室』也不算奇怪……相比之下，我更在意的是匿名報警。」

「關於這一點，我們也存有疑問。」

土門不苟言笑地回應。怜已經完全忘記了報警的事，因而不自覺發出了一聲「咦」。土門對這個遲鈍的部下露出略微傻眼的表情。

「你聽好了，連城，既然已經知道真正的殺人現場不是味澤家，那個說有聽到男女爭吵聲的報警電話就顯然有問題。而且報警時間是八點十五分……比死亡推測時間晚了一個小時以上。」

「的確必須重新思考。」

「請科搜研幫忙分析這段錄音吧。」

三人邊談邊走，最後來到行政中心的大門。

「光彌接下來……」

「跟平常一樣，去上課。」

「是嗎，要好好讀書喔。」

「連城先生也是，調查工作加油。」

見兩人慢條斯理地聊著天，土門咳了咳。

「連城，快點走吧。」

「啊，是——下次見。」

然後，兩個刑警與光彌道別了。

＊＊＊

大學內的自助式餐廳裡，光彌啜飲著味道清淡的咖啡。

過了九點後，人潮逐漸變多。從天窗灑下的陽光映照在白色的桌子上，形成一幕寧靜的景色。

「光彌！讓你久等了——」

蘭馬揮著手走過來，後面跟著名嘉山和菜。

和怜他們道別後，光彌便用手機傳送簡訊給蘭馬，簡訊裡寫著「電研聚會結束後，請你帶著名嘉山學姐到咖啡店來」。

「非常感謝學姐過來一趟，飲料……」

「沒關係，我自己買。」

名嘉山制止拿出錢包的光彌，自己與蘭馬一同前往販售吧臺，之後，兩人各自拿著馬克杯走回來。

「然後呢？你想問我什麼問題呢？」

「我想在可能範圍內，向學姐詢問案件相關人的人際關係。例如味澤學長、吳町學姐和筒見學長——他們之間的關係。與他們同年級的名嘉山學姐應該很清楚吧。」

「原來如此。你決定要專心解決這個案件的謎團了，對吧？為了良知嗎？」

被名嘉山一問，光彌不知該怎麼回答。回想起來，雖然他莫名其妙就開始挑戰起解開案件謎團，但開始的動機就連自己都搞不懂。

「或許是吧。」

「你怎麼這麼說，光彌！這時候你應該坦率地說『沒錯』呀。」

蘭馬啪啪地拍著光彌的肩膀。躲開他的手後，光彌催促名嘉山繼續往下說。

「那我就說了。我覺得刑警先生他們剛剛的目的是來確認味澤的清白，所以沒怎麼過問人際關係上的事。如果我說的情報有幫上忙，你要告訴那個看起來很熱血的刑警喔。你們彼此認識吧？」

「熱血」這個形容詞，讓光彌始料未及。原來在名嘉山眼中，伶是那樣的人嗎？

「澄香直到上個月為止，都還與味澤交往——分手後，她立刻轉投筒見的懷抱。這件事你應該有說出來吧，良知？」

「是的，我也有跟刑警說。」

「良知，你應該不知道其中的背景因素吧？」

「我什麼都不知道。」

「好，我就來說說這個吧。」

名嘉山喝了一口可可後，開始述說。

「我和澄香同是電研的成員，所屬研究室也是同一個，所以在這間大學裡，我和她待在一起的時間應該是最長的，也因此，她常常找我聊一些不會告訴其他人的話題，我也常常聽她抱怨味澤和筒見。」

她的臉上雖然露出笑容，但或許是思念過世的朋友，笑容中透露出感傷。

「不過，在講那些事之前，我必須先提一下味澤與筒見反目成仇的事。他們兩人因為某些原因，導致彼此仇視。大概是從去年的這時候開始的吧，就連電研的活動日，他們兩人也幾乎不可能同時出現，因為他們都會避開對方。」

「這麼說來，確實很難看見味澤學長與筒見學長一起出現。」

「他們不和的原因是什麼？」

光彌開口詢問，名嘉山的目光微微出神。

「最初的起因是去年的這時候，筒見遇到了小偷。他至今一直住在靠近恩海車站的一棟日本傳統木造住宅裡——我們電研的成員也造訪過很多次，那裡很寬闊。」

「啊，我好像在哪裡聽說過，學長家曾遭小偷的消息。」

蘭馬說道。名嘉山把食指豎立在嘴唇前，露出苦笑。

「這件事絕對不能在筒見本人面前提起喔，否則他會很生氣……雖然很同情他遇到小偷，但其實他本身也有不太好的地方……那個小偷是他自己邀請進去的。」

蘭馬瞪圓了眼睛，光彌微微點了下頭。

「換句話說，他在路上遇到的——不，講得露骨一點就是他騙回家的女生，正是那個小偷。星期天晚上他讓對方進入家裡，然後天亮之後——他身上的現金、家裡值錢的物品都不見了。」

名嘉山板起臉，壓低聲音說。

「雖說他是被害人，但這件事有點不名譽對吧？所以筒見也不知道該不該報警處理。以正常常識來想，我們怎麼可能選擇不報警呢……於是，筒見就找當時感情還很好的味澤商量。」

「他們的決定是？」

聽到光彌的問題，名嘉山聳了聳肩。

「結果好像報警了。附帶一提，筒見之所以對報不報警會如此猶豫，是因為他的父親其實是政治界人士。所以當案件公開後，聲譽隨之變差，理所當然他也被狠狠罵了一頓。當時他非常頹喪。」

「咦？所以他才會跟建議報警的味澤學長決裂嗎？」

「不，關鍵在後來。剛剛說的那些事，其實我一開始也完全不知道，我只聽說筒見因為家裡遭小偷而心情鬱悶的傳聞而已。可是，後來在大學社團裡揭穿所有真相的人——卻是味澤。」

名嘉山皺起臉，彷彿嘴裡吃到了苦澀的東西。

「在失竊案發生之後——我想想，大概過了兩星期的時候，電研舉辦了一場聯誼。聯誼時，味澤和筒見突然吵了起來。原因我記的不是很清楚，但無非是對電影的理解或排名之類的無聊東西。那時候討論的好像是《欲望之翼》吧……總之，他們的爭論越來越激烈，味澤就把遭小偷的事拿出來舉例，責問筒見，還用了一些我不太想在這裡重複一遍的沒品詞彙。當初筒見是因為信任味澤才找他商量的，結果味澤卻當著電研所有人的面揭露真相，筒見的臉都綠了。」

「唔哇！」

蘭馬搗著嘴發出驚嘆。他很容易對人產生共情。

「於是，從那之後筒見變得非常憎恨味澤。這麼一來，味澤也會覺得不高興對吧？他們兩人的感情就這樣越來越差了。雖然我曾想過他們其中之一退出社團對大家比較好，但他們好像覺得自己退出就算輸了，所以一直僵持著，簡直就跟小孩子沒兩樣。前幾天在味澤家舉辦的那場聚餐，也是我為了讓他們和解而特地安排的，結果聚餐過程裡，兩人也只是一味互相挖苦而已。」

「原來如此，我完全了解他們兩人的關係了……我想把這些訊息告訴刑警，可以嗎？」

「當然可以。」

「這些訊息有那麼重要嗎，光彌？」

蘭馬一臉納悶，光彌用力點了點頭。

「當然重要。這麼一來就明白筒見學長有動機陷害味澤學長了。」

「……你在懷疑筒見嗎？」

名嘉山試探地問。光彌頓了一下後才謹慎地回答。

「用懷疑兩字可能有些過火，不過我覺得他的嫌疑很大。」

「這樣啊……」

「怎麼了嗎，名嘉山學姐？」

蘭馬擔憂地觀察學姐神情，名嘉山不安地皺著眉頭回答。

「有件事因為沒有直接關聯，所以我一直猶豫該不該講，現在想想還是告訴你吧……昨天我與澄香聊天時，她說了一句讓我有點在意的話。她說『今天我要去找筒見』。」

10

「真的累死我了！那些死小孩完全不理我說的話。」

怜兩人一回到警局，不破刑警立刻半發牢騷地前來報告。

「辛苦你了，不破。把詳細情況說給我聽吧。」

在土門的催促下，不破輕輕托了托眼鏡，然後翻開記事本。

「呃，關於瀧同學待在味澤同學家裡時放煙火的那群學生，他們是恩海國中二年級的學生，總共五個人。以上是我找附近鄰居探聽後得知的，然後我直接闖入國中去詢問他們……唉，正值反抗期的國中男生好恐怖，我能理解生活安全課的辛苦。」

「唉，總之……」不破從頭說起。

「我這邊已經確認那些少年有放煙火，時間大概是晚上七點十五分左右。那時候他們有看到屋內的情況，也作證裡面沒有屍體。」

「他們把時間記得這麼精準嗎？」

怜提出疑問，不破保證「這是真的」。

「據說是因為他們先前正好在玩手遊，所以才會記得。《合奏☆怪獸們》會在晚上七點發送神器。啊，神器是一種道具……」

「你也有玩那款遊戲嗎？」

「是呀，所以我們雙方意氣相投，那些孩子才終於對我敞開心扉。」

「這真是太好了。在不妨礙公務的情況下，你就好好玩吧。」

苦笑著告誡一番後，土門將話題做了個總結。

「總之，我們已經確定味澤同學是無辜的，因為瀧同學還在屋裡時，裡面並沒有屍體。同時，瀧同學把窗戶大喇喇打開並且故意叫住那群國中生，以心理層面來說，很難想像他有參與這起案件……所以說……」

「把屍體搬到味澤同學家的真正凶手究竟是誰——對吧？」

怜開口詢問，土門一臉嚴肅地點點頭。

「是啊……不過，在思考這件事之前，我們必須先釋放味澤同學。你也一起過來吧，連城。」

「我讓他受委屈了……」

怜是要求味澤前來警局協助調查，並負責偵訊他的刑警，因而感到於心難安。幸好媒體尚未報導出味澤的真實姓名。萬一調查工作完成得更晚一點——想到這裡，怜便覺得膽顫心驚。

「為已經發生的事懊悔也無濟於事。」

土門似乎察覺到怜內心的想法，溫柔地拍了拍他的背。

「我們走吧。還有，不破，關於這起事件一開始的那通匿名報警——你去把那個錄音檔拿過來，然後送到科搜研請他們進行分析。」

「是！」

不破動作敏捷地跑走了，怜與土門也跟在他身後邁出步伐。

（我絕對要把凶手抓起來！）

怜大聲告訴自己。

＊＊＊

「吳町學姐要去找筒見學長？她真的這麼說嗎？」

蘭馬瞪大了雙眼重問一遍，名嘉山緩緩地點了點頭。然後，她轉頭看向光彌，把昨天發生的事一點一滴說出來。

「昨天我和澄香一起上第四節課……這一點我說過了對吧？事情就發生在上課之前。」

第四節課上課之前的下課時間，就在名嘉山前往教室的時候，發現吳町與味澤正站在走廊上聊天。名嘉山一走過去，味澤就離開了。

「妳和他在聊什麼？」

名嘉山開口詢問，結果吳町露出有些神經質的笑容，聳了聳肩。

「還是跟以往一樣，對我發動諷刺攻擊說『為什麼妳要跟筒見那種人交往』，真希望他能適可而止一下……」

這時候，與她們兩人關係不錯的幾個經濟學院女學生走到附近，吳町與她們稍微打個招呼後，又繼續向名嘉山抱怨。

「雖然我和味澤交往了很長一段時間，但他如果這麼糾纏不休，我會打從心底開始討厭他。」

名嘉山只回應她一句「辛苦妳了」。因為兩人認識了很久，所以名嘉山很清楚對方不是想尋求她的建議，只是想把心底的想法通通傾吐出來。

「事實上，最近筒見也讓我產生了一些念頭。」

「你們怎麼了？」

「……我們兩人之所以會交往，是因為他主動朝我告白……但我還蠻懷疑，他真的喜歡我嗎？筒見很少傳簡訊給我，回簡訊的速度也都很慢。」

「會不會是他談戀愛時比較內向？」

「不可能！因為他到去年為止和學院裡的各種女性都交往過。」

吳町皺著眉頭嘆了一口氣。

「以前我總覺得一直和味澤交往到大學生活結束的話，是很空虛的一件事，所以明知筒見其實很輕浮花心，卻還是跟他開始交往，但現在坦白講我覺得自己做錯了。因為就在前幾天，他把家裡的備份鑰匙交給我了耶？……和味澤分手前，我們彼此就覺得有機會可以在一起試試看，所以以體感來說我們大概已經交往了兩個月，但實質上只有一個月吧？現在就表現出那種『妳是我的女人』的態度，未免太早了，會讓人想要退避三舍對吧？不對，在他露出這種態度時，我已經不可能和他交往下去了。」

講話像機關槍似地一路說到這裡後，吳町沮喪地垂下肩膀。

「唉——我覺得自己的運氣真的很差。算了，其實也遇到了好事。」

「哦，什麼好事？」

「那傢伙說在家裡找到了我在十天前弄丟的手錶，所以等一下我想去拿回來。拿到之後，聯誼那裡如果能去我就去……」

說完這些後，名嘉山站起身來。

光彌和蘭馬也跟著她把馬克杯拿到回收檯。

「所以說，吳町學姐下課後去了筒見學長家囉？」

「我也不知道她究竟有沒有去，不過我已經完全忘了那件事了……況且，從筒見對刑警所說的那些話來看，他的不在場證明應該很完美。」

「學姐知道那個不見的手錶長怎樣嗎？」

光彌問道。名嘉山立刻回答。

「是一個鑲了紫色礦石搭配皮革錶帶的手錶。她很喜歡那個手錶，而且弄丟的時候曾問過我『妳有沒有看到這種特徵的手錶？』」

「原來如此。那麼，以上眾多資訊我會告訴刑警。」

「嗯，麻煩你了。方才我說的那些話，當時站在我們附近的經濟學院的幾個朋友應該也都有聽見，如果需要確認資訊真偽，我可以告訴你名字。」

「喂，光彌，你是不是看出什麼了？」

「嗯，雖然還很模糊……但我覺得這起案件的構圖慢慢浮出水面了。」

他只說了這麼一句話。

＊＊＊

「啊，是光彌……」

去廁所的同時順便檢查簡訊的怜，在看到新收到的簡訊後不自覺低喃出聲。

他收到的是標題寫著「我是三上。」這種完全看不出內容的簡訊，打開以後，卻發現裡面羅列了一堆驚人的資訊。名嘉山和菜個人私底下坦承的那段話裡面，充滿了能在調查時派上用場的資訊。

原本站在洗手臺前凝視著手機的怜連忙衝出廁所，趕到刑事課裡土門的辦公桌前。

「發生什麼事了，連城？」

土門把視線從電腦往上移，怜語速飛快地說明整件事。

「我收到了那個家政夫……不對，是創櫻大學的三上同學傳來的簡訊……」

怜說出了光彌的簡訊內容，土門的表情轉眼間嚴肅了起來。

「死者曾說過要去筒見同學的家。而且，她還對人傾訴過自己和男朋友交往不順利的煩惱嗎？」

「沒錯。還有，他們提到的那個手錶讓我很在意。錶上鑲了紫色礦石……死者身上好像配戴了這個。」

「我這裡有照片。」

土門從鑑識部門送來的信封裡，拿出一疊照片，然後動作俐落地檢查起這些在現場拍攝的照片。就在怜伸出手想幫忙的時候，土門抬起了頭。

「找到了！紫色礦石還有皮革錶帶，死者配戴的這個手錶，肯定就是她說要去筒見同學家拿的那個手錶沒錯。」

「嗯，所以我們是不是應該把注意力放到筒見身上，來思考這起案件呢？」

「可是，他的不在場證明是個難關。我派去他打工地點的調查人員剛剛送來了報告，確定他的不在場證明很完美。在下午六點五十分之前，他確實一直待在恩海站車站大樓內的咖啡店，有很多店員都提供了證詞。此外，我們也從監視器檢查過他在離開車站大樓之前的行動。綜合以上證據，證明了在死亡推測時間的最晚期限，也就是晚上七點之前，他的不在場證明牢不可破。」

「唔……原來如此。啊，對了，錄音檔送來了嗎？」

「我正準備要聽。」

土門點擊滑鼠，播放那通關鍵的匿名報警。

『啊，警察嗎——大事不好了。我在一棟名叫〈白百合莊〉的公寓，屋子裡傳出了男女的吵架聲，然後，在一種把人揍倒的聲音響起後，我就什麼都沒聽到了——那個女生可能死了。這裡是〈白百合莊〉，恩海市恩海町，一〇三號室！』

嘟的一聲，電話突然被掛斷了。通話途中，承辦的職員有向對方說「您的名字是？」、「請告訴我詳細地址」等等，可是報警的人通通充耳不聞。但最重要的是——

「土門前輩，我覺得這個聲音很耳熟耶。」

「我也一樣，連城。這個聲音含糊不清，好像用手帕或其他東西擋住了嘴巴，而且似乎還蓄意改變平常的說話方式……可惜的是，聲音不是用區區這些方法就能欺瞞過去的。」

因為，這明顯是筒見陣的聲音。

11

眼前的青年在發抖。

怜的視線投向他的身後。紙拉門被完全拉開，拉門之後是一片廣闊的日本庭園，但庭園似乎很久沒有人維護了，裡面雜草恣意生長，石燈籠長滿青苔，水池也混濁不堪。

土門站在怜旁邊短促的呼了口氣，然後敲了敲榻榻米上的數位錄音筆。

「您說，您不知道這通報警電話是吧？」

「是、是啊……那是聲音很像我的人。」

筒見陣用壓得低低的聲音回答。

「這樣嗎——對了，請問那扇窗戶怎麼了？」

土門佯裝若無其事的模樣詢問道。筒見的肩膀用力一抖。

「窗、窗戶？」

「我們在按電鈴前就看到了。就是在那扇拉門後面，緣廊上的窗戶。它破掉了對吧，不過有用報紙擋起來了。」

「啊……那窗戶好像是被附近的小孩子用石頭扔破了……」

「說謊是沒有益處的喲。」

土門犀利的話語讓筒見臉上一僵，然後別開了雙眼。

「既然您說自己沒有報警，那為了證明這一點，請務必讓我們進行錄音作為證據。我們會透過科搜研做聲紋鑑定。」

土門再次敲了敲數位錄音筆。筒見用膽怯的眼神盯著它看，放在大腿上的拳頭打著冷顫。

「倘若只是為了已經發生的案件報警，並不會觸犯任何法律。」

怜緩和了嗓音開口說道。他暗忖，如果土門的逼問行不通，反過來用溫和的接近方式說不定會有用。然後，怜的想法得到了印證。

「……我、我有報警，我打了電話。」

「那就請您告訴我們前後經過。」

土門當即提出下一個問題。筒見垂下頭，像個小孩子般用指甲摳抓榻榻米。

「我、我不是說了嗎……味澤家傳出了爭吵的聲音……」

「時間是幾點？報警電話是在八點十五分左右，味澤同學已經在聯誼會場裡了。」

「因、因為我很猶豫，不知道該不該報警。結果一眨眼，時間就過去了。」

「那麼，您是什麼時候聽到的呢？六點五十分之前您一直在咖啡店打工，然後，在那個時間點，味澤同學已經與電影研究會的成員們會合了。請告訴我們是什麼時候呢？還有，您為什麼要去味澤同學住的公寓呢？」

土門毫不留情地接二連三往下說。筒見瞠目結舌，不斷喀吱喀吱地摳著榻榻米。

漫長的沉默籠罩下來。屋內的空氣寒冷刺骨，與溫度不相稱的刺眼夕陽從屋外照了進來。怜默默地在一旁看著，好不容易終於等到筒見開口了。

「……人不是我殺的。」

土門用「咦？」反問，青年抬起頭，充滿血絲的眼睛看向他。

「拜託你們相信我，人不是我殺的！我回到家的時候，澄香早就已經死了！」

筒見陣似乎已經失去了理智，一張嘴忘我地說個不停。把他的話總結之後，可歸納出以下要點。

那天他做完咖啡店的打工後，就踏上歸途。拿出手機一看，發現吳町傳了簡訊過來，裡面寫著「我來你家打擾囉」。這是因為筒見早就把家裡的備份鑰匙交給了她。

筒見帶著吳町正在等他的念頭回家去，但在玄關他立刻感覺到不對勁，因為大門是開著的。

吳町比他早一步進入家裡的情況，先前已經發生過好幾次了，不過每次她總是會把大門鎖好。只有女性一個人在家的話，這是理所當然的防盜措施。

筒見滿心納悶地走過緣廊，卻發現更加異常的情況，那就是玻璃窗被打破了。窗戶似乎是被人從外側打破的，走廊上散落著碎片。然後，正前方的紙拉門是打開的——

「她已經死了。」

筒見用虛弱顫抖的聲音說道，同時不停用舌頭舔溼嘴唇。

「澄香倒在榻榻米上，人已經死了。然後房間裡亂七八糟的。」

他檢查趴臥在地的吳町的脈搏，沒測到心跳，而且她的後腦杓還有很顯眼的撕裂傷。屋內的五斗櫃被粗魯打開，裡面的東西凌亂不堪，似乎是有人在物色值錢的物品。

——澄香偶然間撞上了小偷，結果被殺害！

明瞭了這一點後，筒見拿出手機想要報警。可是……

「我不敢。我、我實在不敢報警。」

「為什麼？」

土門的嗓音很嚴厲。筒見一面發抖一面用打結的舌頭回答。

「因為這是非常不名譽的事情——我的房子裡竟然又發生案件——」

怜想起了光彌的簡訊裡所寫的資訊。

「因為去年發生了失竊案嗎？」

筒見身體猛然一僵，然後他用雙手抱住頭，表情扭曲。

「啊啊，對啦！我的房子裡竟然連續發生兩次這種事……不但遭小偷，這次連女朋友都被殺了——我、我不想讓父母知道這件事……我、我爸爸是議員，這種醜聞會……」

「於是您就把屍體搬走了嗎？搬到味澤同學家裡。」

聽到土門嚴厲的逼問，筒見自暴自棄地點頭承認。

「是我搬過去的，我承認。我從之前就忍受不了那傢伙了。味澤那傢伙實在太傲慢了，所以我想教訓他一下……」

「你在說什麼蠢話！就因為這樣而去搬動屍體嗎？」

怜狠狠斥責對方，結果筒見鬧彆扭似地垂下頭。

「……因為那傢伙公寓裡的住戶都到深夜才會回家……而且我們兩家之間的距離，開車單趟不到五分鐘。我先前就知道那傢伙家裡的備份鑰匙放在哪裡，澄香的身材也很嬌小，搬起來不會很辛苦。」

筒見吞了吞口水後，繼續語速飛快地說。

「總、總之，我把她的屍體放到車子裡……再把掉在榻榻米上的包包和玄關的鞋子收起來。然後，用備份鑰匙偷跑進味澤家，把屍體放進去。我盡可能保持屍體的原貌，不過度碰觸她，而包包和鞋子也都留在公寓裡。總之，我只做了這些事而已。」

「只有這樣？你不是打電話報警了嗎？」

「……是，我去附近的公共電話亭報警了。我用手帕包住聽筒，還改變了說話習慣，結果你們還是認出來了……」

青年沮喪地垂著頭。土門帶著嚴肅的表情用力搖搖頭。

「……雖然我有很多話想說，總之，還是請您跟我們一起到警局一趟吧。」

12

怜和土門在恩海警局裡重新製作筒見的筆錄，接著以遺棄屍體的嫌犯身分，將人拘押下來。

「連城，今天就到這裡，你下班去吧。」

土門拍了拍怜的肩膀慰勞他。

「可是，我們尚未找到凶手的線索……」

「你昨天應該也通宵工作了吧？如果不稍微休息一下，身體會撐不住的。反正縣警那邊也派出了調查人員來協助，明天我們再盡全力投入調查吧。」

於是怜就大方接受上司的好意，下班回家去了。

隨著時間的流逝，現場證據與證人的記憶都會逐漸流失，所以案件發生初期，調查人員都必須繃緊神經工作。因為這個緣故，怜決定早上四點返回警局。但即使如此，能在家裡睡一覺也是值得高興的事。

離開恩海警局後，怜全身力氣流洩，疲憊感頓時如潮水般湧來。

四周光線陰暗，他呆呆地眺望著颳著寒風的天空——這時，手機震動了起來。他瞇起因為睡眠不足而覺得疲勞的雙眼，看向手機螢幕。

「我現在在貴府附近，可以用備份鑰匙開門進去打擾一下嗎？」

這樣一則簡訊，是由光彌發送過來的。怜連忙回覆。

「當然沒問題。我的工作告一個段落後，也會立刻回去。」

把簡訊發送出去後，怜感到有點後悔。

（……我這麼快就回信，豈不是搞得很像整天沒事做嗎？）

怜回到家時，家中瀰漫著燉牛肉的美味香氣，他這時才想到，自己今天還沒吃過東西。飢腸轆轆的感覺忽然冒出，他彷彿被香氣引誘般走向客廳。一打開門，他立刻與站在廚房的光彌視線相對。

「我回來了。」

這麼寒暄好像很奇怪。話說出口之後，怜突然覺得很不好意思。光彌也一臉困惑地眨了眨眼睛。

「歡迎回……」

「歡迎回來！」

一道宏亮的嗓音響起，蓋過了光彌滿是躊躇的聲音。咦？怜心底一驚，轉頭看去，發現蘭馬坐在餐桌前。

「咦，良知同學？」

聽到怜的聲音充滿疑惑，光彌臉上浮現了不安。

「抱歉，請問是不是發生了什麼誤會呢？因為有得到連城先生的同意，我才把他帶過來……」

怜拿出手機，把光彌傳來的簡訊重新看了一遍。仔細一瞧才發現，「進去打擾一下嗎？」這句的後面，還寫著「連城先生不介意的話，我把蘭馬也帶過去」。似乎是因為太累，所以他漏看了。

「對不起，我造成麻煩了嗎？」

「沒有那回事，是我沒把簡訊看清楚就回覆了……總之，你沒造成麻煩，放心休息吧，只不過我這裡沒什麼東西好招待。」

「連城先生現在要吃飯嗎？我去盛飯。」

「嗯，那就麻煩你了。」

怜一邊解領帶一邊回應光彌。

「光彌說的是『盛』飯對吧，我比較習慣用『裝』。」

正在咀嚼燉牛肉的蘭馬則說用哪個都好。

就這樣，三個人一起圍著餐桌而坐。

「對了，光彌，這些白飯是什麼時候煮好的？你應該沒來很久吧？」

「啊啊，這些白飯是昨天煮好後冷凍起來的。」

「咦？冷凍的？吃起來和剛煮好的沒兩樣耶。我以為把冷凍的白飯解凍後，味道會稍微變差……」

「重點在於冷凍方式。」

光彌拿著湯匙的手停止不動，充滿精神地解說起來。

「在白飯剛煮好還熱騰騰的狀態下，用保鮮膜包起來。包的時候，要把白飯薄薄地攤平，才能均勻冷凍。然後，趁熱把白飯立刻放進冷凍庫。為了避免冷凍庫裡的物品升溫，要記得用鋁箔紙把它們包起來。只要用這種方式冷凍，就能讓解凍後的白飯吃起來像剛煮好的。」

「光彌還是老樣子，超熱愛做家事耶。」

蘭馬很快樂地笑著，然後又斂起笑容繃著臉看向怜。

「刑警先生，調查工作進行得怎樣了！」

「嗯？啊啊……有件事我想你們明天應該也會知道，現在就先提前告訴你們吧。我們警察把某個學生帶回警局了。」

「是筒見學長吧？」

「……光彌你會預言嗎？不過，你猜得沒錯。」

「咦！筒見學長就是凶手嗎？」

「不，好像不是喔，因為他也有不在場證明……」

怜就可以吐露的範圍，重複了一遍筒見的供詞。

「竟然是這麼回事！他明明已經發現吳町學姐死了，卻沒有報警，反而還搬到味澤學長家……？太過分了！」

蘭馬情緒激動不已，與之相反光彌卻很冷靜地問。

「連城先生認為，凶手真的是闖空門的小偷嗎？」

「現場的情況是這麼顯示的。目前已經確定，黏在吳町同學腳上的玻璃碎片與筒見同學家破掉的窗戶玻璃片一致。總之，當前應該搜捕的是闖空門的小偷。」

「真的是這樣嗎？」

聽到光彌提出的質疑，怜與蘭馬同時「咦？」了一聲。

「什麼意思，光彌？」

「那看起來不像是小偷的手筆，我覺得凶手是我們都認識的人。」

「可是，筒見同學的不在場證明很完美無瑕耶？」

「我不是指他，凶手另有其人。」

「這、這麼說來，光彌你已經知道凶手是誰了?!包括這起命案的真相！」

「算是吧。」

「好！那我把大家都聚集過來吧！」

蘭馬表情一亮，拿起手機開始輸入文字。光彌露出驚慌的神情看著蘭馬。

「聚集？聚集什麼？」

「既然偵探已經查明了真相，就要在大家面前揭露一切，不是嗎？」

「什麼跟什麼，又不是在演連續劇……我才不做那種事。」

「是、是嗎？對不起，我已經把簡訊發送出去了……我在簡訊裡寫了『光彌已經查出了凶殺案真相，請大家過來一趟』。」

光彌無力地垂下頭，發出嘆息。

「你在搞什麼啊。」

「呃，對不起……不過，這沒什麼不好呀，光彌，你就來表演一場推理秀嘛！畢竟大家都很期待！」

怜抱著新鮮的心情，一直看著光彌滿臉無奈地抓抓頭。原來光彌在同年齡的朋友面前，會露出這樣的表情嗎。

「連城先生，拜託你說點什麼好嗎。現在該怎麼做？」

光彌猝不及防把話題甩過來，讓怜不知所措。他語無倫次地回答。

「這樣沒什麼不好啊。」

他無意識地說完後，才驚覺自己做了一個很不得了的決定。

「太好了，刑警先生同意了！光彌，我們上吧！」

「……事情變成怎樣我可不負責喔。」

光彌邊嘆氣邊說道。

13

這場聚會在蘭馬發出召集邀請的兩個小時後就開始了。

「感謝各位千里迢迢來到這裡，我想說的事情很快就能說完。」

全員到齊後，光彌立刻簡潔地宣布。他還是一樣面無表情，但語氣有一點點不自在。

現在所在地是位於創櫻大學行政中心裡，電影研究會的社團辦公室。狹小的辦公室裡，除了光彌與怜，還擠了其他六個人進來。

包括了額頭擠出皺紋的土門默默看著所有人、因為期待而雙眼亮晶晶的蘭馬、動作誇張地打呵欠的瀧、在瀧旁邊嚴肅地盯著光彌的名嘉山、壯碩的手臂交抱胸前並低聲沉吟的味澤，以及時不時斜眼瞪著味澤的筒見。筒見是由土門出面辦理手續，從拘留所帶過來的。經過以前的案件，土門也認可光彌的推理能力，判斷這場推理值得一聽，讓怜再次想感謝上司的寬宏大量。

「既然很快就能說完，用簡訊或其他方法告訴我們不就好了嗎。」

味澤咬牙切齒地開口說道。瀧邊打著呵欠說「我贊同」。

「對不起，味澤學長，是我拜託光彌的。」

蘭馬一邊從座椅上半抬起屁股一邊道歉。味澤斜眼看了他一眼後，聳了聳肩膀。

「……你就是良知說的那位特立獨行的朋友嗎？我聽說你的頭腦非常棒，只不過現在還有你出頭的機會嗎？案件好像已經要收尾了吧。」

然後，他朝筒見的方向努了努下巴。筒見也用憎恨的眼神回視味澤。

「你們適可而止。繼續這種無意義的爭執，只會浪費時間。」

名嘉山拿出了社長的威嚴，兩個男生默默地閉上了嘴巴。

「感謝學姐的幫忙。那麼，我們開始吧。」

光彌背對著白板開口說道，怜則站在他身旁默默守護。祕密遭到曝光的關係人可能會情緒激動，從而對光彌產生危害——想像到那種場景，怜便想留在可以保護對方的位置上。

「我們先檢查這起凶殺案的現狀吧。根據筒見學長的供詞，他在七點出頭的時候，於自家家中發現了吳町學姐的屍體，沒錯吧？」

「……嗯。」

筒見一臉不爽地扭頭看向旁邊，並同時做出回應。

「筒見學長看到屍體後不知所措，但由於某個事件，導致他對報警產生猶豫。我不清楚那個事件是什麼，但總之，最後他決定把屍體搬到味澤學長家裡。」

「你這個混帳！」

味澤惡狠狠地罵道。名嘉山不留情地喝斥：「味澤！」

「兩位學長的住家之間的距離，開車只要短短五分鐘。筒見學長抵達味澤學長家的時間剛好是八點整，而瀧學長是在七點三十五分左右離開那裡的，所以當時屋內沒有半個人。筒見學長知道備份鑰匙藏在哪裡，便用鑰匙開門進屋，放好屍體，然後再打公共電話匿名報警，當時時間是八點十五分。」

說到這裡，光彌環視其他幾個人。

「這裡有個問題，究竟是誰殺死了吳町學姐——關鍵在於此。筒見學長，可以麻煩你正確地重複描述一遍發現屍體時的情況嗎？」

筒見皺著臉沉默不語，在土門「快說吧」的催促下，他才開了口。

「我走進家裡後，發現玻璃窗碎了——」

他沒有看向任何一個人，慢吞吞地做完描述。等全部結束後，光彌輕輕點了下頭示意。

「謝謝學長。」

「說謊，他在說謊！」

味澤站起身大吼，並且用粗壯的手指指著位於桌子對角線另一邊的筒見。

「這種推卸責任的方式太卑鄙了，這傢伙肯定親手殺死了澄香。」

「真的嗎？根據車站大樓裡的監視器所拍到的畫面，可以證明筒見學長到七點為止的不在場證明是真的，我不覺得他有辦法殺害吳町學姐。」

「不過，從剛剛的描述聽起來，真凶其實是闖空門的小偷，這樣不是很好嗎？」發表意見的是瀧。

「玻璃窗被人打破，房間也被人亂翻。雖然筒見做的行為很不好，但這麼一來我們電研就跟這起凶殺案無關了，這樣不好嗎？」

「不好。因為，這起殺人案不是小偷所為。」

「你怎麼知道，光彌？」

蘭馬一問，光彌便朝他露出微微的笑意。

「蘭馬你應該也有聽見吧？警方發現吳町學姐的絲襪上沾黏了玻璃碎片。這一點實在很奇怪。」

「很奇怪嗎？如果身旁有玻璃窗破掉了……」

土門話說到一半就敲了下手，發出啊的一聲。

「原來是這麼回事！我們竟然都沒注意到這麼明顯不對勁的地方……實在羞愧得無地自容。」

而怜也幾乎與上司在同一時間發現了其中的不對勁。

「確實很奇怪。噴飛出去的玻璃要黏在絲襪上，當事人必須站在非常靠近窗戶的地點才行。可是，一般人發現有歹徒要打破玻璃，理應都會逃跑。」

聽到怜的推理，光彌朝他點了下頭。

「說的沒錯，連城先生。雖然也有可能是因為吳町學姐背對著窗戶，沒注意到有人在她背後打破玻璃……可是這麼一來，凶手的舉動就更奇怪了。倘若學姐所站的位置近到會沾黏到碎片，那麼凶手應該會注意到她的存在才對。既然是闖空門，小偷會在發現屋內有人的情況下還想闖進去嗎？而且，其實還有一種可能。假設玻璃窗被打破的時候，吳町學姐就站在附近，而凶手打從一開始就是想攻擊她才嘗試闖入屋內——但把和室作為殺人現場，明顯很不對勁。」

「嗯。打破玻璃窗的凶手是動手開門後才闖入屋內的。」

土門一邊用力點頭一邊說道。

「在那段期間，吳町同學應該會察覺到動靜並且逃跑。但她卻倒在靠近緣廊的和室，真是不可思議。」

「沒錯。這麼一來，該怎麼解釋現場情況呢——？答案很簡單。她的屍體倒在榻榻米上之後，緣廊的玻璃才被人打碎。」

「那樣的話，會產生什麼影響呢，光彌？」

蘭馬傾身向前。

「會變成這樣——凶手從玄關開門入侵，把吳町學姐的屍體擺放到屋內。當然，他是用吳町學姐身上的鑰匙開門的。然後，他弄亂房間，等走出房子之後才打破玻璃窗——就是在那時候，碎片飛到了倒在榻榻米上的吳町學姐腳上。而凶手之所以最後一步才打破窗戶，應該是為了當附近鄰居聽到聲音而察覺事情不對勁時，再糟他也能有時間逃跑。」

「咦，等一下！你說什麼？」

怜慌慌張張地大叫。

「把吳町同學的屍體擺放到屋內？這意思難不成是……『屍體被人搬動過兩次』嗎？

第一次是真凶，第二次則是筒見同學。」

「正是如此。筒見學長家並不是行凶現場。」

「等一下，三上學弟，這並不合邏輯呀。」

名嘉山理智的雙眼中充滿亮光，同時提出異議。

「你說的只是一種個人解讀吧？凶手說不定是找了什麼藉口，和澄香一起進入筒見家，然後在那裡殺死澄香後逃走。」

光彌又重複說了一次「正是如此」。

「可是，殺人現場不是筒見學長家——這一點是有旁證的。旁證就在筒見學長的證詞裡。」

「你這句話是什麼意思？」

瀧露出比先前更加嚴肅的神情質問。

「就是大衣。」

「大衣？筒見沒有提過大衣吧？」

「沒錯。為什麼沒有提過呢？昨天的天氣冷得要命——而且都快進入十二月了，可是當吳町學姐以屍體狀態被人發現時，身上只穿著薄薄的襯衫及裙子，這樣的穿著應該無法外出吧？不對，更具有決定性的證據是，恩海車站監視器拍到吳町學姐是穿著大衣的。」

「咦？可是，筒見學長發現吳町學姐後，『把掉在榻榻米上的包包和玄關的鞋子收起來』，再把屍體搬進味澤學長家裡……然後在放屍體時『盡可能保持屍體的原貌，不過度碰觸她』……」

低聲說到這裡，蘭馬露出苦惱的表情。

「為什麼吳町學姐的屍體上沒有穿著大衣呢？」

「蘭馬，如果換個角度來看呢？也就是說——吳町學姐是在其他地方被殺害，再被搬到筒見學長家裡的。不過，凶手把大衣遺落在真正的行凶地點了。」

「可是，你說的這些也只是一種個人解讀吧？」

土門沉下臉，雙眼緊盯著光彌看。

「這個殺人案確實不是闖空門的小偷所為，證據在於玻璃碎片。可是，單方面判定行凶地點不是筒見同學家，未免太輕率了。大衣也有可能是被凶手帶走了。」

「也有可能是筒見從頭到尾都在胡扯。」

味澤逮到了機會便緊咬著不放，光彌銳利的眼神看向他。

「說的沒錯，味澤學長。大衣是在你家裡發現的。」

這句話一出，所有人全都目瞪口呆。第一個察覺話中含意的是伶。

「啊，沒錯！吳町同學的大衣是在味澤同學家的更衣室找到的，我一不小心就忘了這件事。我們警察在調查現場時，第一個找到的就是它。」

「是的。縱使真正的行凶地點就在筒見學長家，也無法合理解釋為什麼大衣會在味澤學長家裡，對吧？凶手是想把罪名嫁禍給筒見學長，沒道理把大衣搬到味澤學長家。」

「我、我不是說了嗎！那些全是謊言！其實筒見把大衣也搬到我家來了，是他說謊……」

味澤口沫橫飛不停叫嚣，光彌朝他大大地點了點頭。

「這也是一種解讀。筒見學長或許是故意讓大家注意到大衣的異常，藉以陷害你也說不定……但假如筒見學長的確說了真話，那該怎麼辦？」

「我、我說的是真的！拜託你們相信我！」

光彌不理會苦苦哀求的筒見，慢條斯理地繼續往下說。

「如果筒見學長的證詞是真的，那麼真相就是這樣——吳町學姐在味澤學長家脫掉大衣，之後在那裡被凶手用鈍器毆打致死，然後凶手將吳町學姐的屍體搬到了筒見學長家。凶手雖然帶了鞋子和包包，卻遺落了放在更衣室的大衣……對了，味澤學長說從回家後到出門參加聚餐的這段時間裡，自己一直待在家中。換句話說，在這種情況下……」

光彌伸手指著味澤，嚴肅且毫不客氣地說。

「說謊的人是你才對。殺人凶手是味澤幾郎——你。」

14

味澤一時間只是呆呆地凝視著光彌的臉。

其他人也都張口結舌，默默地看著他們兩人。

「……不。」

味澤慢慢地開口道。

「我真的是一頭霧水……你說我就是凶手？」

「沒錯，我的確說你就是凶手。有錯嗎？」

味澤臉色漲紅，粗黑的眉毛高高挑起。在他舉起握緊的拳頭同時，怜抓住了他的手臂。

「冷靜一點，味澤同學！如果你打了人，我會以傷害罪的現行犯逮捕你！」

「那他毀損我名譽該怎麼說?!」

味澤報復似地用手指指著光彌。

「你叫三上是嗎？如果你的推理是對的，就代表筒見和我之中有人真的在說謊，可是你卻認定說謊的人是我，你的大腦裡在想什麼？」

「因為手錶的事，讓我對你徹底起疑。」

「手、手錶怎麼了嗎？」

「名嘉山學姐，可以麻煩妳解釋一下嗎？」

「嗯，只要說手錶那一段就行了吧。昨天第四節課開始之前，澄香對我說『筒見家裡找到了我在十天前弄丟的手錶，所以等一下我想去拿回來。拿到之後，聯誼那裡如果能去我就去』——」

「手錶？什麼東西，我完全不知道。」

筒見一副驚慌失措至極地說。怜則回想起來，自己還沒找對方詢問過手錶的事。在得到筒見說「我知道吳町要來我家」的供詞時，他便覺得已經能確認證據真偽了。

聽到筒見這麼講，味澤洋洋得意地用最大的音量說。

「你、你們瞧，筒見在裝傻。說謊的人是他！三上，你總不會說連名嘉山都跟他串通好一起說謊吧？」

「嗯，名嘉山學姐沒有說謊。學姐說過自己在聽到那段話的時候，幾位交情不錯的經濟學院女學生也在附近。學姐說謊的話，找那幾個人一詢問就會被戳破，所以沒必要。」

「既然如此，說謊的傢伙就是筒見了。」

「不是。況且，這裡面有一個根本上的誤會。」

「誤會？是我哪裡弄錯了嗎？」

名嘉山難得發出了驚惶的聲音。光彌朝她露出安撫的微笑。

「不是名嘉山學姐的錯，只是雙方有點雞同鴨講——妳和吳町學姐。可以麻煩學姐從手錶話題的前面開始，把妳們的對話再複述一次嗎？在學姐的能力範圍內就好。」

「好——」

於是，名嘉山把吳町對味澤與筒見的抱怨又重說了一遍。由於是當著當事人的面講，所以她把措辭說得柔和些。但即便如此，看起來自尊心很強的這兩個男生依然臉色青紅交錯。

「唉呀，沒想到她竟然背地說我這麼多壞話。」

筒見拉平了嘴角，同時擠出顫抖的聲音。

「女人這種生物真是恐怖……」

「筒見學長這麼說不對吧！你有資格批評吳町學姐?!」

蘭馬一臉憤恨不平地拍桌子。

「我覺得，為了避免麻煩而把女朋友屍體丟掉的人才更恐怖！」

「你冷靜一點，良知。」

瀧從椅子稍微起身，居中調解。他朝光彌的方向努了努下巴，詢問道。

「三上學弟，方才的對話裡，哪裡有誤會嗎？」

「這段對話原本是從抱怨味澤學長開始的，雖然中間有很長一段在表達對筒見學長的不信任感，但其實可以將它視為一段『很長的離題』，不是嗎？然後，名嘉山學姐是這樣複述吳町學姐所說的話的。『那傢伙說在家裡找到了我在十天前弄丟的手錶』——」

「意思是在吳町同學的認知裡，她們話題中心的男性一直都是味澤同學嗎？」

土門朝味澤的方向走近一步。

「『那傢伙』指的其實是味澤同學。」

「是的。她在名嘉山學姐面前提到手錶話題的前一刻，才與味澤學長交談過。那時候，她應該是聽到了味澤學長說『我在家裡找到了手錶喔』。」

「啊，原來如此！所以才會是『十天前』嗎！」

怜啪地彈了下手指。

「從昨天起算的十天前——是十一月十九日！那一天是味澤同學說出備份鑰匙的日子，也就是說——」

「電研的三年級學生們去味澤學長家的日子。」

這正是最關鍵的一點。

味澤臉色慘白地癱坐下去，折疊椅發出匡啷一聲巨響。

「味澤學長家與吳町學姐家最近的車站同樣是恩海站，不過，吳町學姐稍微早一點抵達了車站——然後，她繞路到味澤學長家，想去拿回手錶。至於放手錶的地方，學長應該已經告訴過學姐了吧。吳町學姐那時候在鏡子前補過妝，補妝的痕跡，警方也在第一階段就發現了——學姐大概是在為了使用洗臉臺而進入更衣室的時候，把大衣放入了籃子裡。接著，味澤學長從學校返家。學長抵達車站的時間只比學姐晚了三十分鐘，而且男性的步伐又比較快，因此等你回到家的時候，吳町學姐還在屋內。」

味澤的嘴巴無聲地張闔幾下，光彌毫不留情地朝他繼續說。

「然後，兩位之間發生了爭執之類的事——學長便殺死了學姐。我猜大概是在那時候，瀧學長打了電話給味澤學長，對學長說『你就把筆電留在家裡吧，我想借你家用電腦』。學長應該很著急吧？因為很難捏造一個理由來拒絕。雖然當下味澤學長立刻答應了，卻不可能讓瀧學長進入有屍體的房間。何況，瀧學長說要去學長家的那個時間點，學長已經不得不出門參加聯誼了——畢竟你是聯誼的負責人。不過，學長你想到了一個妙計，是一個既能擺脫自己的嫌疑，又能向討厭的人報一箭之仇的一石二鳥計畫。」

伶輕輕點了點頭，接著光彌的話往下說。

「把屍體搬到筒見同學家的話，既能處理掉屍體，又能同時對他造成傷害……自家、女性、竊盜，只要聚集這幾個條件，就能把筒見同學感到痛苦的過去再次挖出來。」

「你這個混帳！」

筒見吼出了味澤一開始所罵的那句話。

「……於是，味澤學長便把屍體搬走了。如大家所知，那段時間裡〈白百合莊〉的住戶們通常全都不在家，因而被人發現的風險很小。『把屍體搬進味澤家很容易』的因素，恰巧也能套用在直接把屍體搬出來的情況下，加上吳町學姐身材嬌小容易搬動。然後，味澤學長就把屍體丟到筒見學長家裡。他之所以把現場布置成有小偷闖空門的模樣，也是為了避免自己被懷疑吧。萬一警方懷疑本案是懷恨殺人，怨恨吳町學姐及筒見學長的人物名單裡，只會有味澤學長一個嫌犯而已。

「當然，學長從吳町學姐手機發送『我來你家打擾囉』的簡訊給筒見學長，也是基於相同原因。為了讓學姐待在筒見學長家的事顯得自然一點，必須傳送一封簡訊。」

「可、可是……光彌你不是說過嗎？如果學長是凶手，去參加聯誼很奇怪。」

蘭馬怯怯地說。因為他相信味澤是無辜的，才會拜託光彌進行調查，所以導致心情上還無法轉換過來。

「嗯。可是，那都是基於『這麼一來他就無法在散會後開車』和『屍體倒在房間正中央很奇怪』等等的原因，假如學長在聯誼之前就已經把屍體搬走，那就沒有關係了。我做那些推理的時候，還不知道瀧學長有去味澤學長家，因而做了一些沒意義的設想——所以說，味澤學長把屍體搬走之後，先把汽車開回公寓停放，然後才出席聯誼。」

光彌把視線放回味澤身上後，繼續往下說。

「蘭馬跟我說過，聯誼時學長剛開始是滴酒不沾，但中途開始一杯接一杯不停地喝……也就是說，學長是害怕喝了酒之後，會把自己犯下的罪行說溜嘴，可是殺死人的壓力實在太過沉重，讓學長在神智清醒的狀態中實在難以支撐下去，對吧？」

「另一方面，在那時候，筒見同學則把遺體搬入了味澤同學家。」

怜很不客氣地把這個令人作嘔的故事情節做了個總結。

「殊不知，自己的舉動等於是『把屍體搬回真正的殺人現場』。」

「所以說，味澤學長是真的嚇了一大跳……在看到吳町學姐屍體的時候。」

「怎麼會有你們這種人！」

名嘉山的語氣中充滿鄙視。同一時間，味澤撞倒椅子站了起來。

「不是我的錯！是澄香她自作自受！那傢伙昨天用放在室外機下的備份鑰匙，早我一步進入房子裡……我在她之後回到家，對她說希望她好好考慮是否真的要跟筒見交往。我跟她說，筒見根本不在乎妳，他只是為了贏過我才搶走妳的。結果那傢伙卻一直……做侮辱我的行為……她說我家又小又不舒服，筒見家就很大……她竟然說出這種話……」

「只是因為這樣，你就把她殺了嗎！妳就毀掉了她的未來嗎！」

怜靠近味澤開口逼問，他能感覺到自己的音量越來越大。味澤畏懼地發著抖，手臂朝筒見的方向揮去。

「都怪那傢伙！那傢伙和澄香瞧不起我……所以我一定要讓他們好看……」

「你說什麼？你這個人真讓人不爽！」

筒見也滿臉怒意地回擊。

「光是殺了澄香你還不滿足，打算順便栽贓我對吧？哈，器量真是狹小到極點了。你這個人徒有高大笨重的身體，實際上卻是個愚蠢的白痴……」

「給我住口！」

發出足以使整個社團辦公室一震的怒吼聲的，是土門。在所有人沉默下來時，他帶著嚴肅的表情，來回看了看這兩個彼此仇視的男生，同時開口道。

「你們兩個都給我好好思考一下自己做了什麼事。你們把吳町同學捲入了你們之間的怨恨裡，而味澤同學，你甚至還奪走了她的性命。筒見同學你也以自保為第一優先，利用她的遺體來發洩鬱悶！你們兩個抱住吳町同學的屍體時，心裡有什麼感覺？用雙手感受到一個人類的重量時，你們真的完全不會心痛嗎？你們有回憶過一秒吳町同學失去的未來嗎——你們的羞恥心在哪裡！」

兩個罪人彷彿事先商量好似的，齊齊癱坐在椅子上。

怜和土門押住味澤徹底癱軟無力的身軀，把人帶走了。一直在辦公室外待命的不破刑警走了進來，同樣強行拉走了筒見。

「這種事太過分了……實在太殘忍了。」

瀧喃喃地說著，並用力擦了擦眼角。

與案件有關的這群人就地解散，光彌與蘭馬前往停車場。

今晚的月光清冷，溫度刺骨凍人。

「……光彌，謝謝你幫忙解決這個案件。」

蘭馬垂頭喪氣地道謝。光彌把手放到他拿著安全帽的雙手上，沉默地點了點頭。

「我原本只是想證明味澤學長的清白，沒想到兜了一圈後，事情竟然演變成這樣……我實在沒有識人的眼光……」

「這也沒辦法，畢竟味澤學長當時是真的驚慌失措。看到屍體跑回來，我想他應該嚇得半死。蘭馬你也是因為看到他那麼恐懼，才會心生同情。」

「可是，我怎樣都沒想到，兩位學長竟然會做出那樣的事。味澤學長曾經請我吃飯，筒見學長談吐風趣，我一直覺得他們都是好人的說……唉，以後我可能再也不敢相信家人和光彌以外的人類了。」

光彌淡淡一笑，然後戴上自己的安全帽。

「不會因為這種事而變得再也不相信自己以外的人，正是你的溫柔之處啊……遇到這種事，確實會讓一個人的心境變得再也無法信任任何人。不過，名嘉山學姐是一位親切又正直的人，瀧學長看起來也是一位很體貼的人，別把這世上的所有人都當成壞人。」

「……總覺得光彌你會說這種話真是不可思議。」

蘭馬一邊發動摩托車引擎一邊笑著說道。

「會嗎……」

「會呀。因為國中時代的你，簡直就像一隻刺蝟。凡我以外的人靠近你，你都會用『你是敵人！』的氣勢瞪視對方。」

「什麼刺蝟啊……」

光彌一面在蘭馬身後落坐，一面對他的形容露出苦笑。

「比起我來，你遇到了更多更糟糕的事，我覺得你會豎起心防也是無可厚非的啦——不過，最近我覺得你身上的刺逐漸變少了。自從弟弟的案件徹底解決之後，我覺得光彌你好像改變了。」

「我有改變嗎？」

「有喔。好吧，為了不輸給你，我也必須轉換心情才行。」

蘭馬催動油門，把摩托車騎上馬路。

臉頰感受到冬季的冰冷夜風颳過的同時，光彌在心底思考著。

（……我變得不一樣了嗎？）

這時，不知為何光彌腦海中浮現出怜的臉。

第三章

聖誕夜的殺意與友情的問題

1

「我以為前陣子才剛麻煩你來打掃一番過。」

怜一邊從倉庫裡把吸塵器拖出來一邊說道。

「我記得自己打掃這棟房子的時間，是今年九月的時候。過了三個月的時間，都累積一層灰塵了。」

站在後方的光彌從怜手中接過吸塵器，並同時回應。他的態度還是一樣冷淡，與人交流不會流露情緒。

「雖然是我委託你來打掃，但你現在應該正處於忙碌時期吧？要忙著做大學的報告之類的。」

「沒有，我不需要做，因為期末考安排在過年之後。」

「啊，是嗎？真慘，我已經開始遺忘學生時代的點點滴滴了。」

今天是十二月二十一日。

年關將近，氣溫變得嚴寒，恩海市也颳起了冬季乾燥強風。光彌一如既往穿著白襯衫加黑褲子的工作服，不過先前出現在大門口時，他身上也不免套上了一件厚厚的牛角釦大衣。

「而且，連城先生也只有今天才有時間大掃除吧？」

聽到光彌的詢問，怜板著臉點了點頭。

「年末到年初預定都要上整天班。不過，選擇從事警察這一行的時候我本來就清楚這件事，所以沒有任何不滿。反正我也沒有一起過年的戀人。」

光彌連微笑也沒有，只順著怜的話回應一個「喔」。可以的話，怜其實希望對方能在這時候笑一下的，但現在只覺得有一股寒風吹過家裡走廊。

「所、所以說，今天我才想拜託你。因為一個人幫這棟房子大掃除會很累。」

「是啊。那麼，我們從二樓開始依序整理過去吧。不過，空房間的部分，以前你僱我過來工作的時候，幾乎已經把它們都整理完了，所以主要把灰塵撢一撢就行了。」

「嗯，那就拜託你了……掃完以後來喝杯咖啡吧？」

光彌點點頭，然後爬上樓梯。

怜獨自回到客廳，無聲地嘆了一口氣。他稍微拉開窗簾，看向窗戶外面。現在大約才下午四點，天色還很明亮，可是再過一個小時後，外面大概就會被夜色所籠罩。白晝的時間越來越短，會讓人不由得感到心中不安。明明都已經是年紀不小的大人了，怜為自己的想法感到羞恥。可是，在他毫無防備的時候於心頭時隱時現的那些苦悶，卻不是憑著一股幹勁或毅力就能擊退的。反倒是睏意之類的生理現象，他還有辦法應付。

（可是，現在我不是一個人，光彌也在這裡……雖然他是為了工作而來。）

——就在怜反覆思索這些事的時候。

「連城先生！」

光彌很大聲地呼喚，讓怜心底一驚，連忙衝過去。爬樓梯爬到一半時，他看到了低頭看向一樓的光彌的臉。

他的撲克臉已經崩解，雙眼驚慌地四處游移，白皙的臉蛋上毫無血色。

「你怎麼了，光彌？」

「緊急狀況，麻煩連城先生幫我一下。」

「發、發生什麼事了？你冷靜一點。」

光彌伸手抓住了怜的毛衣下襬，讓怜也有些緊張起來。

「在這裡——這個空房間裡。」

光彌把怜拖過去的地方，是怜的母親以前拿來做為寢室的房間。現在這裡完全沒人使用，因而傢俱都蒙上了一層灰塵。光彌指了指梳妝臺。

「那邊，在那邊……」

「咦？鏡子？沒什麼奇怪的地方呀，是我老媽的鬼魂出現了嗎？」

「不是那種超現實的東西，是更現實的威脅——那、那下面……」

光彌先是吞了吞口水後，才用沙啞低沉的聲音說出了那個威脅的名稱。

「有蟑螂。」

「啊？」

怜整個人傻眼呆住，這時有個小小的黑影從梳妝臺底下跑出來。牠橫越木質地板，鑽入床鋪底下。光彌尖叫道「在那裡！」然後躲到怜身後。

「喔、喔喔……是蟑螂啊。」

怜緊繃的身體霎時放鬆下來。光彌驚慌失措的模樣，比蟑螂更加讓人震驚好幾倍。他脫下室內拖鞋往前走。

「小心一點，牠們會飛。」

光彌用很嚴肅的語氣提出警告。怜對他的警告左耳進右耳出，同時把頭探入床底下。黑色的生命體如滑行般從牆邊溜過，雖然動作敏捷，但他（或是她？）其實已經無路可逃。怜的拖鞋發出聲響，收割了那條生命。

「是我太大意了。沒想到在這種氣溫低的冬季，也會跟牠們正面碰上。」

光彌一面把碗盤擺到桌上，一面繼續為方才的事辯解。

先前打死蟑螂後，負責後續一連串作業，包括撿回被怜殺死的蟲骸，仔細地用報紙包好後，再塞進可燃垃圾袋裡的人，依然是怜。

「夏天的時候，為了預防這種不時之需，我會把殺蟲劑納入工作道具隨身攜帶……但沒想到這種季節牠們還會出沒。」

「其實你用不著這麼耿耿於懷啦。」

怜制止光彌口中源源不絕的牢騷，請人坐到椅子上。

「謝謝你今天來幫我大掃除。連晚餐都麻煩你準備，真是抱歉。」

「哪裡，這是我的工作——我才要感謝連城先生再次僱用我。」

兩人開始吃飯。其實在光彌來家裡的時候，怜便跟往常一樣決定找他一起吃晚餐。迴異於自己平日匆匆忙忙的進餐方式，與光彌在一起的餐桌上氣氛十分平和。

擺在桌上的料理雖然只花三十分鐘就完成，但手藝卻相當精湛。怜很中意其中一道用青蔥與雞翅所煮成的湯，湯裡有生薑的香氣，讓身體從內部溫暖起來。

「對不起，沒有做耶誕風味的料理。」

驀地，光彌開口說道。他會提起這種話題，讓怜感到很意外。怜心想，雖然光彌說話時一本正經，但或許其實是在開玩笑？

「那種小事沒關係的，何況這些料理也都很好吃。而且我既不是基督徒也不是小孩子，早就過了因為耶誕節而興奮不已的年紀了。」

自己說出這種話，感覺實在很孤寂。

「對了，光彌你在耶誕節那天有什麼安排嗎？」

為了轉換心情，怜找話題詢問光彌。

「沒有安排。蘭馬有找我去參加派對，但我拒絕了，因為我不喜歡嘈雜的地方——不過蘭馬超喜歡那種場合，我卻怎樣都適應不了。」

怜想起了上個月見到的那位光彌的朋友，不禁露出苦笑。蘭馬看起來確實很喜歡熱鬧的場合。

「你們兩個人真是神奇。明明個性完全不同，為什麼感情會那麼好呢。」

「天知道……我自己也搞不懂。不過，我們能不能與其他人當朋友，全看我們能不能欣賞對方與自己的不同，不是嗎？世上沒有個性完全相同的兩個人，因此我覺得關鍵不在差異大小，而在我們能否包容。」

「你別說得這麼艱澀啦。」

「有嗎？最終其實只看雙方在一起開不開心罷了。」

「或許可以這麼說吧。」

驀地，怜想起了自己的朋友。

「我在高中時代也有狐朋狗友，成年以後我們仍然常常會見見面。仔細想想，我們的個性完全不同呢。啊，我想起來了，高中時候的我也覺得和那傢伙湊在一起很不可思議。」

光彌露出一絲笑意。

「真好，兩位到現在還會見面。」

「還好啦，因為我們都很忙，所以最近幾乎沒時間碰面……不過，我覺得有這樣的朋友在，真的很棒。你和良知同學應該也一樣吧。」

怜說著說著，開始有點不好意思起來。光彌也很罕見地做出抓了抓臉頰的動作。

「我也希望可以……只不過派對還是敬謝不敏。」

「你還在嘮叨這件事啊。不是已經拒絕了嗎？」

怜笑了出來，光彌一邊放下碗一邊轉開視線。

「因為蘭馬不肯罷休，一直對我說既然沒事的話就去派對看看。」

怜立刻就明白了原因。遇到像光彌這樣容貌昳麗的青年，可想而知周圍的人不會視而不見。大概有一股勢力逼蘭馬絕對要把光彌找去參加派對吧。

「連城先生，耶誕夜那晚你要不要委託〈MELODY〉幫忙呢？」
接到這麼一個出人意表的拜託，怜苦笑著搖了搖頭。
「非常抱歉，那天我有安排了。我和別人約好了要見面。」
「這樣啊……」
光彌臉上的表情雖然紋絲不動，但身上卻散發出一種垂頭喪氣的氣息。
看著他的表情，怜發現自己心底對他萌生出一種前所未有的情緒。
「那一天——耶誕夜那天，我要見的人其實就是剛剛提到的高中時代的朋友。」
用筷子切開燉白蘿蔔，光彌含糊地回應一聲「喔」。
「雖然是我主動約他出來，但還是需要一些勇氣的，畢竟這個時節大家都已經做了一些安排。」
「這樣啊。」
「所以，該怎麼說呢，我在想，既然良知同學都來邀請你了，你就試著去參加看看，如何？說不定意外地還不賴。」
啊，他做了惹人嫌的行為了。怜馬上有了自覺。
光彌已經清楚表明過不喜歡嘈雜的場合，結果他又把自己武斷的價值觀強行施加給對方。可是，在怜辯解之前，光彌先一步開口了。
「說的也對……我考慮一下。」
說完這句話之後，光彌便沉默了下來。怜很後悔，覺得自己可能說了不該說的話。他一邊看著收拾餐具的光彌的背影，一邊靜靜反省。他已經錯失了為自己辯解的最佳時機了。

（其實——我只是希望光彌能拓展自己的世界罷了。是我太多管閒事了嗎……應該是吧。）

怜回憶起在以前的案件中，碰觸到光彌淚水的那個時候。

在導致怜的父親因公殉職的那起案件裡，光彌的弟弟也遭人殺害。

在怜看來，為弟弟的死感到自責的光彌，後來一直活在自我詛咒之中。那起命案發生的當天，據說光彌正和國中的朋友在外四處玩耍。而正是因為他把弟弟一個人丟在家裡，才導致弟弟被人綁票。怜總覺得，光彌那張始終如一的撲克臉，以及總是帶著距離感的待人接物方式，全都源自那個詛咒。

他的態度彷彿是不准自己獲得幸福。

看著開始清洗餐具的光彌，發現對方臉上的表情沒什麼變化。

怜終於感受到一種無法與光彌真正交心的焦躁感。

（我能為你帶來什麼嗎——）

2

現在才剛過六點，店內還沒什麼客人。

怜聽說這家店是「小酒館」，但這裡嶄新又乾淨，內部裝潢得像是咖啡館一樣。

「我有預約，名字是文月。」

「文月先生對吧？您的朋友已經到了。」

看起來像打工學生的店員，把怜帶到用薄薄的牆壁區隔開來的一間包廂裡。在暖色系間接照明的烘托下，裡面呈現一種沉靜的氛圍。

「抱歉，讓你久等了。」

落坐後，怜朝坐在對面的朋友道歉。

「我沒有等很久，你不用在意。辛苦啦，刑警先生。」

說完，文月知久笑了出來。他的頭髮直到去年都還染成黑色，不過現在已經完全褪色，恢復成天生的棕色頭髮，這讓怜想起了令人懷念的高中時代。

「但你等了三十分鐘了吧？真對不起。」

「別在意啦，被工作拖到時間也是無可奈何的啊。我好歹也當刑警當到了去年，懂你的難處——好了，先來點餐吧。」

怜與知久先把菜單瀏覽了一遍，當店員送來開胃菜的時候，知久朝對方說「不好意思」，然後兩人點了餐。

「你還是老樣子，這種時候點東西特別快。」

怜開口吐槽，知久挑高了眉毛。

「但你變了。以前的你實在太過優柔寡斷，學校餐廳明明只有再怎麼更新也不好吃的菜單，虧你每天還為了吃什麼而煩惱得要命，我真是佩服。」

「這是因為當上警察後，前輩不斷灌輸我『吃飯要在五分鐘內解決』。」

「這個行業還是一樣那麼嚴苛呢，佩服佩服——像我就受不了認輸了。」

說完，知久端起玻璃杯喝水。

「你也是因為遇到了太多狀況，怎麼能說是受不了認輸呢。」

「唉，署長也有跟我說『我可以再給你一小段時間』，可是我很清楚，自己已經無法再繼續當刑警了。況且，我原本就不是那塊料，只不過是這個原因罷了。」

怜暫且先不再繼續安慰友人了。

就在去年的今天——十二月二十四日，知久的太太出了交通意外而喪命。當時任職於音野警局刑事課的知久精神上受到打擊，導致身體出了狀況而留職，過了一個月後辭職離開。

「總之，我很滿意現在這份保全公司的工作，並不打算辭職。反正警察有年齡上的限制，我應該不會再回去當刑警了。」

怜感到有些不捨。

他們在同一間高中渡過三年的光陰，上了警校之後，更是把知久當成可以互相切磋琢磨的唯一摯友。雖然分發單位不同，但他一直覺得他們是共同以警察身分奮鬥的同袍。

話雖如此，但看到眼前的知久有著健康的氣色，甚至露出了笑容，怜還是由衷感到高興。畢竟最近一次見到知久，是在他太太作尾七的那天。當時的知久憔悴至極，宛如行屍走肉。

店員送來兩罐無酒精的啤酒。等店員離開後，知久立刻打開瓶蓋，在兩個人的玻璃杯裡倒入啤酒。然後，他舉起自己的杯子。

「那麼，我們來乾杯吧！」

「為什麼乾杯？」

「為我們的重逢。」

兩人碰了下玻璃杯，發出低沉響亮的聲音。

之後，怜和知久天南地北地聊了起來。

他們各自說著自己的近況，談話中逐漸找回了以前自在放鬆的相處氛圍。不知不覺間，他們一邊吃著烤雞肉串與天婦羅一邊聊了一個小時以上。

這段期間，怜注意到知久只講保全公司工作上的事，除此之外的話題全都巧妙地閃避過去。與此同時，他也想到了自己忘記說一件很重要的事。

「那個……我剛剛忘了說，昨天真的很抱歉，無法去參加你太太的對年。」

「別在意啦。」

知久的表情微微黯淡，擺了擺手。

「對年原本是星期天，所以我提前舉行，可是警察這個工作是不管你星期幾的，我很清楚。你就最近找個時間來上個香吧，順便來看看我爺爺。」

「我一定會去的。我已經很久沒見過他老人家了——老師他還好嗎？」

知久沒有立刻回答這個問題，而是吃了一塊雞胗後才慎重地開口。

「我也不知道算好不好，他那張嘴還是一樣老是碎碎念個不停。不過，他的關節痛好像很嚴重，最近從床上起身的時候都要費很大一番功夫。」

「老師他……這樣啊。」

怜感到心痛。

老師——也就是知久的爺爺正史，直到十年前都還擁有一身遠遠凌駕在怜之上的劍技。怜第一次見到正史，是在正史六十歲的時候，現在對方已經超過七十歲了。他明白人到了這個年紀就無法繼續逞強下去，但實在怎樣都無法把記憶中的正史與虛弱老人的印象連結在一起。

「喂喂，用不著這麼嚴肅吧。」

知久笑著把手搭到怜的肩膀上。

「我不是說了嗎？爺爺雖然身體不靈活了，但嘮叨的習慣仍然健在。現在我和妹妹一起照顧他，他暫時還不會死翹翹啦。所以說，你找個時間去看看他吧，他到現在還一直在念『最近都沒看到怜』呢。」

「這真是我的榮幸。除了我，老師明明還有許多學生。」

「因為爺爺他真的特別看重你呀。而且，當初也是你把我忿忿不平的脾氣給糾正過來的……總之，你就去看看他吧，老人家都怕孤單。」

「喂，不要那樣說老師啦。」

怜笑著斥責知久。兩人雖然沒有喝真的酒，卻都像喝醉了似的慢慢活潑起來。知久傾身朝怜靠過去，調侃般地說道。

「爺爺的事先擺到一邊去，怜，你這樣沒問題嗎？今天是耶誕夜，你竟然來陪我吃飯。你沒有想要一起渡過節日的對象嗎？」

「……也不是沒半個人邀請我啦。」

怜打腫臉充胖子。如果把光彌問怜今天要不要找他打工幫忙這件事算進去，怜確實不算說謊。

「可是我真的很想見你一面。」

「感謝厚愛。」

知久似乎覺得光線有些刺眼般瞇起了眼睛，兩人就這樣沉默了一小段時間。周圍座位上的熱鬧聊天聲突然傳入耳中。正因為今天是特別的夜晚，所以每個座位都飄出歡快熱鬧的人聲。

「……我真的很感謝你。」

知久突然開口說道。

「去年保奈美出意外的時候，也是你幫了我很多忙。從以前開始，我就老是受你幫助。」

「哪有……我不覺得自己有幫上你很多忙啊。」

忽然間，光彌的事閃過腦海。莫非他對光彌來說也是……

「像你這樣願意對我伸出援手，本來就不是普通人會做的。高中第一次見到你的時候，我當時就在想這個雞婆的傢伙是從哪裡冒出來的。」

「喂，你說這種話太過分了吧。」

「現在我不會那樣想了啦……總之，謝謝你。」

說完，知久從位子上起身，丟下一句「我去廁所一下」後離開了包廂。

被單獨留下的怜拿起變溫的啤酒啜飲。

（唔──我是不是太過雞婆了啊？從以前開始……）

當怜沉思著這件事的時候，思緒不自覺飛向了高中時代的回憶裡。

那是他與知久第一次認識的時候──

＊＊＊

怜與知久是在高一的時候認識的。

他們讀同一個班級，社團也一樣是劍道社。以某個角度來說，兩人會成為好友也是正常的，然而剛開始，怜對知久的印象並不好。

怜他們就讀的恩海高中的劍道社積弱不振，顧問根本不會劍道，學長姐們也都對社團活動不怎麼熱衷，想參賽的人需要各自努力，在這樣的氣氛下，社團活動日一星期只有四天，算是一個比較鬆散的社團。

從國中時代開始，怜便全心投入劍道之中。對他來說，這是一大失算。他是因為聽說劍道社過去曾有畢業生在個人賽中獲得優勝，才會在入學前便深信這是一個還頗強大的社團。

後來無論他怎麼督促學長姐，活動日都沒有增加，社團裡的鬆散氛圍也絲毫沒有改變的傾向。

當怜的挫敗感越積越深時，有人故意用挑釁的舉止觸怒怜，那個人就是文月知久。

原本一星期就只有四天的社團活動日裡，知久最多只會出現一到二天。而且，他上課時常常打瞌睡，因違反校規而造成老師麻煩的行為更是家常便飯。其實知久做的，都是一些現在看來會覺得很可愛的經典違規行為，例如在學生制服下穿彩色的襯衫、戴耳環。可是，看在正義感強烈且甚至成為班長候選人的怜眼中，實在忍受不了知久的吊兒郎當。

怜鼓起勇氣，偶爾開口斥責一下知久的態度。知久也完全不反抗，只是把怜的話通通當成耳邊風。後來，怜在梅雨季結束的時候死心放棄，不再去管知久。

然後，到了八月某個炎熱的日子。

這是暑假期間的珍貴社團活動日，就在怜獨自留下來做揮劍練習時，劍道道場外傳來了沙沙作響的聲音。怜靠過去一看，發現是制服穿得鬆鬆垮垮的知久坐在石階上，嘴裡正吃著甜麵包。剛剛的聲音應該是他打開包裝的聲響。

「道場是禁止飲食的，文月。」

「這裡又不是道場，是戶外所以沒關係。」

知久看也不看怜，逕自大口吃著麵包。怜壓抑住舉起竹刀往他身上打下去的衝動。

「文月，你怎麼會在這裡？今天你不是沒來參加社團活動嗎？」

「因為這裡有樹蔭很涼爽啊，而且又沒有做戶外社團活動的人在超舒服。我只是過來睡個午覺而已，你不用管我，繼續練你的劍吧？」

「……你要不要也來練一下？」

怜開口邀請，知久一臉意外地回過頭。

「你還真是不死心。現在這裡只有我跟你，你用不著再裝好孩子了吧，反正又提升不了老師對你的評價。」

「我又不是為了那種東西才學習劍道的，一直在意大人眼光的人是你吧？」

啊，說得太過火了。怜暗忖。知久表情大變，把麵包的包裝袋捏成一團後站了起來。

「你還真敢說啊，連城。既然這樣，和我來比一場吧？」

雖然知久提出的邀請很令人意外，不過怜還是立刻回答「好啊」。他心想，自己不可能會輸給知久這種看起來完全不懂劍道規矩的對手。

——沒想到，結果完全不是這麼回事。

比賽才剛開始，知久馬上取得一勝。從知久平日的模樣所難以想像的敏捷動作充滿了魄力，徹底打亂了怜的節奏。然後，第二回合，銳利的劍尖再度襲來，知久沒有放過轉攻為守的怜，又拿下一勝。打在軀體上的竹刀發出爽快的啪啪聲響。

「謝謝指教。」

怜低頭鞠躬後，知久也沉默地彎下腰。煩悶地脫下頭部防具後，知久露出一臉無趣的神情。然而，怜無視他的態度，氣勢洶洶地朝他逼近。

「文月，原來你這麼厲害嗎！」

「……啊？你幹嘛露出那麼高興的表情。」

怜很亢奮地傾身朝知久靠過去，知久一臉嫌惡地看著他。他用依然配帶著手部防具的雙手握住知久的手。

「仔細回想起來，文月你配戴防具的動作很熟練，也說過自己會劍道對吧。我都不知道你這麼強！啊啊，真的嚇我一大跳。」

「喂，你明明打輸我，為什麼會高興成那樣啊？我原本還很期待你被一個礙眼的問題學生打得落花流水後，會懊惱得不得了說。」

「我很懊惱呀，但我更覺得高興。原來我們劍道社裡有一個這麼強的社員！文月，你跟以往一樣不用每天過來也可以，拜託你以後有時間再繼續跟我對打。」

「……你真是個怪胎耶。」

怜第一次看到知久臉上露出笑容。

從這一天起，怜與知久對彼此越來越熟悉了解。

不知從什麼時候開始，每個社團活動日知久都會出現，怜對此向他表達感謝，結果知久回答「我很閒所以才來參加」。當時，他的臉頰有點紅紅的。

然後到了秋季的某一天，當怜自言自語地說了句「真想安排更多的練習時間」後，知久這麼回道。

「如果你這麼想練劍，要來我家道場嗎？」

原來知久家裡有一座劍道場，他的爺爺負責指導國中小學生學習劍道。這個提議讓怜震驚的同時又興奮不已。他們立刻前往知久家，與爺爺正史面對面直接交涉。怜表示，雖然已經知道道場收的是國中小學生，但還是希望知久爺爺也能指導他。正史從容不迫地笑了笑，這樣回答了怜。

「我明白了。你想借用道場的話，隨時都可以來。學費？不用了，不用了。不過相對的，麻煩你偶爾幫我照顧一下那群小朋友。坦白說，只靠我一個老頭子，實在無法顧好每一個充滿精神的小孩。」

於是，怜開啟了每天往返道場的生活。沒有社團活動的日子裡，放學後他會立刻奔向道場練習，也會陪陪傍晚開始陸續前來道場的小朋友們。具有劍道段位的正史則是嚴肅地指導怜練習劍道。

某天晚上，與怜交手過招後，正史一邊整理護具一邊低聲說道。

「我真的非常感謝你。」

「哪裡，您太客氣了！因為老師陪我練習劍道，所以指導小朋友們這種事——」

「不是，我不是指那個，我是說知久。」

正史一邊抓了抓眉心，一邊用低沉的聲音說。

「那小子的爸爸——也就是我兒子啦，在很久以前就死於意外事故了。後來，知久和他妹妹明乃就由我和兒子的太太——也就是他們兩人的媽媽，由我們兩個拉拔長大。可是，這世上大概沒有神明保佑吧，他們的媽媽也在前年過世了。」

怜一時間說不出話來，正史露出寂寥的笑容。

「其實我們從好幾年前就知道，她生了病無法活太久。可是，等到現實中面臨那一瞬間時，我們果然還是無法接受，尤其是兩個孩子。」

「……確實會如此呢。」

「但我也是個失敗的爺爺。媽媽過世後過了一個月、兩個月，知久那小子還是整天一副要哭出來的樣子，也沒有回來繼續練習劍道。明明那孩子從八歲開始，每天都握著竹刀揮舞。於是我很焦躁地大發雷霆，忍不住痛罵了他一頓，罵他『當男人就不能一直哭哭啼啼，當初既然下定決心學劍道，就要繼續練下去』。」

怜暗想，對知久講這種話，未免太過冷酷了吧？不過，正史似乎也打從心底後悔自己說出那種話。

「因為當時才十二歲的明乃用很積極的態度說『為了媽媽，我必須好好振作』，兩人相比之下，我忍不住就對知久他……但話語這種東西，一旦說出口就收不回來了。後來，知久就再也不曾跨入這座道場一步。過了一年，因為他開始認真準備高中入學考，所以我也就不再對他囉哩囉嗦了……不過，那小子也還留戀著劍道呢。」

怜想起了知久出色的劍技。他確信，知久肯定一直私底下偷偷做練習。

「聽到他加入了劍道社，我嚇了一跳呢。我知道這件事的時候，那小子對我說『一星期只需要去四天，而且我已經學會了，所以可以偷懶』，明明我又沒問他，他卻自己在那裡找藉口解釋……最近知久不是都在這裡很認真地練劍嗎？他找的藉口是為了陪你練。怜，我真的不知道該怎麼感謝你才好。」

「老師您太誇張了……」

怜覺得很感動。他感覺得到自己的聲音在顫抖，同時斬釘截鐵地對正史說道。

「能與知久那麼強的人一起學習劍道，我覺得很幸福。我覺得，知久遲早有一天會回歸劍道的。不過——如果我能稍微提早那個時間，我會感到非常高興。」

正史臉上的皺紋一擠，露出了笑容來。

3

知久去廁所後一直沒回來。

怜一面稍微為對方感到擔心，一面獨自啃著烤肝臟，再配幾口變溫的無酒精啤酒。

離席大約二十分鐘後，知久終於從廁所回來了。看到他的臉，怜大吃一驚。

「發生什麼事了？你身體不舒服嗎？」

知久的目光透露出一絲空洞，神態看起來有些魂不守舍。但與此同時，他的臉頰又亢奮地發紅。

「咦……不，我沒事。可能是吃太多了，我覺得肚子很不舒服，不過現在已經好了。」

「這樣啊。那我們就別再點菜了……你還是回去睡一覺比較好吧？」

「怎麼可以，我們才聊一個小時而已耶。呃，現在……」

知久從上衣口袋裡拿出手機看了看。

「時間才過七點半而已，接著才是重頭戲。」

莫名地，怜覺得他開朗的聲音聽起來很虛假，讓他擔心起對方是不是身體不舒服卻還在硬撐。

「不過，我很期待看你可以升遷到哪個職位。去年你當上了巡查部長對吧，我只升到巡查長就止步了，你真的很優秀耶。你會一路爬到警視正[6]的位子嗎？」

知久非常努力找話題和怜聊天，於是怜也很配合地附和話題，包廂內再度恢復和睦的氣氛，兩人又加點了飲料。

他們聊到了警校時代的種種回憶和工作上發生的愉快插曲等等，氣氛一時間變得很熱烈。怜問說劍道教室現在狀況如何，知久害羞地抓了抓頭髮。

「說到這個，其實現在由我代替爺爺指導學生。」

「咦，由你？教小朋友劍道？」

「是啊。不過，我們打算再過不久就要把道場收起來，畢竟爺爺他已經沒辦法收學生了。反正這幾年的學生人數逐漸減少，而且我跟爺爺不一樣，不適合當指導者，所以也無可奈何。目前我們處於類似讓學生去找其他劍道教室的緩衝期。」

一股難以名狀的不捨感湧上怜的心頭，畢竟這座劍道場充滿了各種回憶。可是，說這種話也無濟於事，於是他沉默不語。

6 相當於臺灣警察階級的二線四星，職銜有直轄市警察局副分局長、縣市警察局分局長。亦相當於警監階級的三線一星，職銜有直轄市警察局大隊長、分局長、縣市警察局副局長。

「啊……」

知久拿出手機再次確認時間。

「九點十分，夜晚才正要開始，但其實我明天要早起。」

「我也是……不然我們今天就喝到這裡吧？」

他們已經在這家店坐了大概三個小時，因為雙方許久不見，所以怎麼聊都覺得聊不夠。但知久看起來似乎身體不適，怜判斷，還是在氣氛正好的時候畫下句點吧。事實上，刑警也都需要早起。

兩人穿上大衣，付錢結帳。

踏出酒館後，發現恩海車站前的圓環區域雪下個不停。怜抵達酒館的時候還沒下雪，現在卻已經積了一層厚厚的雪。

「嗚哇，不會吧。」

知久狠狠瞪著天空，聲音宛如是打從心底湧出的厭惡。怜心想，到了這把年紀，下雪已經無法讓他們興奮起來了。

「呃，知久你是開車來的吧？」

「是啊。你住在這附近，應該是走路回家吧。繼續這樣拖拖拉拉下去也沒意義，我們就在這裡說再見吧。」

「說的也是。那我過幾天再聯絡你，因為我也想見見老師。」

知久沒有回應這句話，只是凝視著落在指尖的雪花。

安。

「……知久？」

「怜，每次我總是被你拯救。我是說真的。」

突如其來的抒懷，讓怜不知所措。看到落在知久臉上的漆黑陰影，難以自控地感到不安。

「幹嘛突然說這種話，讓人很難為情耶。」

「我只是想到過去一直給你添了很多麻煩，結果你還當了我這麼久的朋友。」

「你在胡說什麼……」

「所以我想問你一個問題。」

知久抬起頭，直直看著怜的臉。他的眼底是一片幽暗之色。

「無論我做了什麼，你都會把我當成朋友嗎？」

「……當然會。」

「真的會嗎？——『縱使我殺了人』？」

寒風颳過。

遠方傳來充滿耶誕夜氣息的熱鬧笑聲。

「你說什麼……這話是什麼意思……」

怜一時間只說得出這句話來。知久沉默不語，只是一直盯著他的雙眼看。

怜衡量不出他們維持了這樣的狀態多久，可能只有幾十秒，也可能已過了幾分鐘。

「沒事。」

最後，知久終於開了口。他用開玩笑似的開朗聲音——其中隱含著真實心聲的語氣說道。

「我只是說說看罷了，你用不著想得那麼嚴重啦。」

「……你不要殺人。」

「我不會殺啦……不會殺的。」

「掰掰啦。」留下這句話給怜後，知久便轉身離去。他沿著站前大馬路緩緩往前走，中途轉進陰暗的巷子裡。

怜站在原地好一陣子無法動彈。

4

隔天——十二月二十五日是個大晴天。

雪在晚上就停了，隨著黎明到來，路上的積雪也開始融化。上學途中的小孩子們興奮不已，但與此同時，上班途中的大人們則是戰戰兢兢地走在結凍的路面上。

這一天的恩海警局裡，交通課陷入了翻天覆地的大混亂裡。光一個晚上，轄區內就發生了三起交通事故。那三起事故還沒處理完，到了今天早上又收到三起新的通報。對不習慣下雪天氣的關東小都市來說，這也是無可奈何的事。

只不過，刑事課成員們無視那邊的忙亂，用相對沉穩的態度處理日常工作。上個月發生的大學生凶殺案已經解決，每個人正在平靜地解決各自累積的文書工作。泡茶過來的不破刑警說道。

「看到他們年尾年初的忙亂，我都會對交通課的忙碌程度感到肅然起敬。」

他悠悠哉哉地發表評論。怜嘴上斥責他，不過內心也有相同感受。話雖如此，但論起遇上案件時的工作嚴苛程度，刑事課其實也不遑多讓。

這個白天，大家都在討論隔壁音野市發現了非自然死亡的屍體的話題。屍體是在昨天深夜被人發現的，死者是一名年輕男性，死因斷定是他殺。據說死者腹部被刀具刺入——等等。

只不過，現階段恩海警局並沒有接到協助調查的請求，直到傍晚刑事課都過得很和平。

「看來今天難得可以準時下班。」

就連嚴格的係長土門也無聊地自言自語。

「日本人總是在耶誕夜大肆慶祝，但今天才是正式的耶誕節吧？我買個蛋糕回去給女兒好了，可是那孩子起床前我就已經出門上班了，所以看不到她拆禮物時的反應，真的好可惜……」

土門還是老樣子，一提到女兒的事就會喋喋不休。怜邊聽邊附和上司「真是太棒了」，同時又想趁上司現在心情好的時候提交報告，於是加快了打字的手指。

——就在這時候。

刑事課辦公桌上的電話齊齊響了起來。第一個拿起話筒的人是怜。

「您好，這裡是刑事課。」

『這裡是一樓的服務臺，請問刑事課的連城巡查部長在嗎？』

「我就是。」

『是這樣嗎。有縣警本部的人想見您，不好意思，可以麻煩您來一樓一趟嗎？』

怜在那瞬間理解不了對方話中的意思。

「呃，對方如果是想要求我們協助調查，應該透過土門係長……」

『不是的，對方說有私事找連城先生您。』

「……我明白了，我立刻下去。」

抱著被難以名狀的不安所籠罩的一顆心，怜從座位上起身。

一踏入會客室，熟悉的臉孔立刻映入眼簾。

來客是一位高挑的女性，前長後短的鮑伯頭髮型容易讓人留下深刻的印象，今日身上依然穿著灰色褲裝。看到怜出現，她從沙發上起身。

「在上班時間找你過來，真的非常抱歉，連城巡查部長。」

說完這句話，島崎志保彎腰鞠躬。看到縣警單位的警部補朝自己鞠躬，怜反而感到不好意思。

「哪裡，說抱歉太嚴重了。好久不見，島崎前輩。」

等對方坐下後，怜也在島崎對面落坐。在今年的案件裡，怜與島崎一同共事過好幾次。

知道來客是熟人後，怜的緊張感消除了不少。

「可以耽誤你十五分鐘左右的時間嗎？」

島崎瞄了一眼手錶後開口說道。她嚴守時間的習慣依舊不變。

「可以，我手上並沒有急件要處理。島崎前輩找我有什麼事嗎？」

「是為了音野市所發生的殺人案的調查工作。」

「啊啊……我知道，是一位男性遭人刺死對吧？」

「沒錯。」

島崎拿出電子記事本，淡淡地說明起案件梗概。

「被害人名叫井元和樹，二十九歲，在市內的食品工廠擔任業務。我們接到報案的時間是昨晚的十一點五分，發現屍體的地點在音野森林公園的停車場。」

那座公園的知名度在縣民之中意外地高。

每年一到耶誕季，公園就會布置一片壯觀的燈飾，是縣內的情侶們必去的約會行程。

「那座公園的燈飾會一直亮燈到凌晨零點，所以發現屍體的時候，裡面還有不少人。報警的是一位男大學生，據說是與戀人一起去公園，並不認識被害人。他們當時要上車的時候，發現有陌生男人癱靠在汽車後輪附近，仔細去看男人的臉，才發現對方睜著眼睛，狀態不太正常。他們用手機的手電筒一照，發現男人腹部有蔓延的血跡，於是打電話報警——以上是我們得到的證詞。」

「原來如此。那麼，殺人地點是那座公園吧？」

「不，甚至可以說是那裡的可能性很低。正如我剛剛所提，屍體癱靠在汽車上，可是背部卻出現了屍斑。」

「原來如此。」

怜又說了一遍同樣的話。

「也就是說，屍體曾倒在某個地方一段時間，後來凶手才把屍體拋棄在停車場，對吧？」

但怜仍是無法理解。

「那麼，我需要提供什麼資訊呢？不好意思，我並不認識那位名叫井元的男人。」

「我想知道的是——」

島崎從記事本裡抬起視線，伶俐的雙眼看向怜的眼睛。

「你的朋友，文月知久這個男人的事。」

這時候，昨晚知久所說的話掠過了怜的腦海。

——無論我做了什麼，你都會把我當成朋友嗎？

——真的會嗎？

——縱使我殺了人？

「……知久他怎麼了？」

怜使盡力氣佯裝平靜，催促島崎繼續往下說。島崎仍舊凝視著怜，並延續方才的語氣繼續說道。

「井元和樹先生進入他所任職的食品工廠才半年的時間。直到去年之前，他都在一家醫療儀器的販售公司上班，後來據說被解僱了——因為他造成了交通事故。」

聽到這段話，怜瞬間明白了。

井元和樹究竟是什麼人，知久為何會被懷疑。

「井元先生去年開車撞到了一位年輕女性，並導致對方死亡。」

島崎的解釋還在繼續下去。

「路面因為下雪而凍結，導致方向盤失控，汽車衝上人行道，波及到一位正在等紅綠燈的女性……不過，駕駛沒有喝酒、沒有闖紅燈，行車遵照法定限速，也沒有前科，並在法庭上露出深切反省的態度。然後最重要的是——」

「有鑑於路面凍結這樣的特殊狀況，於是法院判定被告的過失程度低，判決被告處三年以下有期徒刑，但可緩刑。」

怜搶過島崎的話頭往下說。聞言，島崎眉毛一挑。

「你很清楚嘛。」

「嗯，因為當時我透過電話從知久那裡聽說過了……因為判決時我沒有去旁聽，所以不記得被告的姓名。」

為了不讓島崎聽到，怜很輕緩地吐出嘆息。

「……那起車禍的被害者，就是知久的太太保奈美對吧？」

「沒錯。」

島崎已經完全不看記事本，雙眼直盯著怜說道。

「抵達現場後，我立刻看出這起案件是他殺。有人把井元先生錢包裡面的東西拿走後，再把錢包丟進停車場旁邊的排水溝裡，因此我認為凶手有可能是竊賊……但也不能否認凶手有可能以偷竊作遮掩，實際上是因怨恨而殺人。」

怜心想，這麼說也有道理。為了錢包裡一點財物而刺殺人的這種犯罪案件，在這個國家並不常見。

「我們立刻調查被害人的身家狀況，得知他現在單身，沒有同居者，父母家在北海道，雙親都健在。上一份工作由於我說的原因而被辭退，但沒有與公司產生糾紛。井元先生是在默認的情況下離職的。此外，他在現今任職的公司裡也沒與任何人產生很大的糾紛……」

「警察所能聯想到憎恨他的嫌犯，只有那起交通意外的遺族——是這樣沒錯吧。」

「嗯。關於那起事故，與他的父母聯絡時我們已經弄清楚了，因此我們立刻前去與文月先生接觸。今天白天，我們去了一趟他所任職的保全公司。」

冷汗滑過怜的背部，胸口的心跳也急促了起來。

「知久他怎麼說？」

「自從判決出來後，自己與井元就不曾見過面了——他是這麼說的。他還說，就連前天太太的對年，井元也沒有露面。他似乎很不想提起井元先生的名字。」

沒錯。當初怜透過電話聽知久說判決的宣布經過時，他也絕對不講被告的姓名，一直用「那傢伙」來稱呼。

「驗屍結果顯示，被害人的死亡推測時間是晚上六點到九點之間。這是考量到屍體被人搬動過，致使溫度產生變化的可能性，而大幅拉長了推測時間。畢竟現在是寒冷的季節，凶手可能把屍體從溫暖的地點移動到冰冷的地點，也可能相反過來。或是故意利用暖氣設備延後死亡推測時間，這也是有可能的。」

「也就是說，六點到九點這個時間是……」

「沒錯。無論凶手耍什麼花招，被害人的死亡時間都不可能早於六點、晚於九點。倘若把情況看得單純一點，最恰當的推測時間據說是六點半到八點。」

島崎的雙眼熠熠生輝，彷彿在說接下來才要進入正題。

「然後，文月先生是這樣陳述的——『如果你們想要我在那段時間的不在場證明，我朋友連城可以幫我做證。我那時候和他一起喝酒』。這是事實嗎？」

怜緩緩地做了個深呼吸，因為他不能太焦急地回應。

「是事實。那段時間裡，我正和知久一起吃飯……從六點出頭……我想一下，應該是從六點十分開始的吧。然後，到九點五分為止，我們一直待在一起。」

他小心謹慎地做出回答後，島崎立刻逼問。

「意思是你見到他的時候，已經是六點十分了。你們在哪裡碰面的？」

「居酒屋裡面。在恩海車站前一家叫〈昭和奇譚〉的居酒屋——」

「嗯，文月先生已經告訴過我店名了。」

是嗎？怜抓了抓頭髮，發現自己已經失去冷靜了。

「原來兩位是在店裡碰面的。請問是誰先到居酒屋的呢？」

「是知久。我們原本約好五點半在車站碰面，但因為我臨時加了點班，於是就打電話通知他，讓他先進店裡。」

「好，我們會去詢問店員。假如他在六點之前便已經進入居酒屋，就等於有了不在場證明——你們待在一起的時候，他曾經長時間離開座位過嗎？」

怜驚訝地抽了一口氣。

「有過。他……去上廁所，說是肚子不舒服。」

島崎理所當然抓著這一點追問。

「他大概離開多久？」

「二十分鐘左右。」

「……我明白了。」

島崎收起記事本，從沙發上起身。

「謝謝你接受詢問，感謝你提供的精確回答，七分鐘就完成了這場談話。」

「請、請問一下！」

怜忍不住大聲開口，島崎從手錶上抬起視線。

「有什麼事嗎？」

被人這麼犀利一問，怜不知該如何反應。因為他還沒想過該怎麼說下去。

知久是個好人，不可能會去殺人，我可以做擔保——但這些話太感情用事，無法對調查工作產生助益，不能期待它們會產生任何效果，只會被人同情而已。

「對了，您怎麼會一個人過來呢？恕我多嘴，進行調查工作時，我想原則上必須是兩人以上的搜查官組隊共同行動。」

問這種小事真是有夠無聊，怜都想嘲笑自己。說這種挖苦的話又有什麼用呢？

島崎自始至終都很冷靜地回答。

「我讓部下在大廳等候。面對同一業界的人，如果兩個人一同盛氣凌人地進行偵訊，會讓對方感到難以忍受。先前的調查工作裡我們曾共事過，我明白你不是會作偽證的人……倘若將來需要正式的筆錄，說不定還要再來麻煩你。」

「那我就告辭了。」島崎鞠了個躬後，走出會客室。

（她是在關心我嗎……）

怜抱著黯然的心情，看著島崎關上的門扉。

（知久……凶手不是你吧？你應該沒殺人吧？）

5

工作結束後，怜衝回了家裡。

他是步行上下班，所以汽車停放在家中。當他發動汽車引擎時，時間已經過了晚上七點了。

道路上還殘留著一些積雪，怜的車速開得很慢。雖然平日沒什麼機會開車，但他還是後悔沒有事先換上無釘防滑雪地輪胎。去年的心酸意外，一直盤旋在他腦海裡久久不散。

（總之，我必須去見知久一面。）

怜開著車，滿腦子都是這個念頭。

知久的家在恩海市東邊的寧路市裡，而發生案件的音野市則在相反方向，與寧路市之間隔著恩海市。

抵達文月家的時候，時間已經將近八點。兩人住家之間的距離，開車大約四十分鐘——知久其實就住在只要花一點時間開車就能見到面的地點，然而自從他們從警校畢業後，兩人見面的次數卻屈指可數。明明高中時他們每天都待在一起——

怜下了車，環視四周。或許因為天色有點暗，這片景色看起來與往昔一模一樣。

文月家的土地上有三棟建築物，左邊是劍道場，右邊是看起來很清潔的白色住宅，正中間則是古老又漂亮的日本傳統木造住宅。

右邊的白色房子據說是知久的妹妹誕生時建造的，屋齡二十六年。知久與妹妹、父母一家四人以前就住在這間房子裡，但自從知久父親過世後，這裡幾乎就沒人住了。有段時間似乎曾經把它租給別人，但四年前知久結婚後，這間房子變成了知久夫妻的家。

——然而，太太過世以後，知久也改搬到主屋生活了。

怜走向正中間的主屋，按下門鈴後，等了一小段時間。

「來了——」

一道女生的聲音響起，拉門隨之馬上被人打開。

出現在怜面前的，是外表看起來約莫二十五歲的一個女生。一瞬間有些不知所措後，怜開口打招呼。

「妳好，呃……妳是明乃對吧？」

「啊，怜大哥！好久不見了。」

果然是知久的妹妹明乃。

記憶中的明乃與眼前的女生簡直判若兩人。過去的她，是有著一頭短髮與一張被太陽曬黑的臉蛋的活潑劍道少女，現在的她則有著一頭及肩的棕髮，身上散發出社會人士的穩重感。不過，那雙堅毅的眼睛還是與從前一模一樣。

「這麼晚來拜訪，真是抱歉。知久在家嗎？」

「不在，他還沒回來。你要不要先進來坐一下？爺爺他也一直很想見你。」

明乃想帶怜到客廳去，但怜停下腳步說「不好意思」。

「可以的話，我能去給保奈美上個香嗎？」

「啊……對喔，我不小心忘了。」

明乃很僵硬地笑了笑，然後打開玄關旁邊的紙拉門。

門後是一間小小的和室，牆邊擺著一座佛龕，知久的奶奶以及父母的照片懸掛在靠近天花板的牆壁上，保奈美的照片則擺放在佛龕的正中央。保奈美的雙眼眼尾下垂，給人一種溫柔的印象，而怜實際上見過她幾次，感覺對方是個溫和的女性。

「對不起，我在那裡打翻了要供養給佛祖的味噌湯。」

明乃歉疚地說。佛龕前方的榻榻米被搬走，露出鋪著薄木板的地板。怜擺了擺手說「不會，不會」，然後在那塊地板上正座。

供上線香，合掌。閉上眼睛一會兒後，他才站起身。

「謝謝妳。」

明乃露出落寞的微笑。

「我想，保奈美姐也會很高興見到你。」

佛龕上擺放了一盤包著保鮮膜的燉牛肉，怜的視線停留在那上面。

「剛剛妳說有供養味噌湯對吧？你們一直都有用料理供養佛祖嗎？」

「嗯，哥哥和我每天晚餐都會供養。時間才過去一年，我們都還無法習慣保奈美姐已經離世的事。」

說到這裡，明乃垂下眼睛。

「抱歉，我沒有來參加對年。明乃妳應該還覺得很難過吧。」

據說，保奈美是明乃高中時代的學姐。由於這樣的緣分，保奈美才會與知久相識，最後攜手步入禮堂。怜不知道一般的大嫂與小姑之間的關係都怎樣，但保奈美與明乃的感情相當好。

因此，怜還沒有勇氣在她面前提起井元一案。

他低下頭，看著拆掉榻榻米後的地板，發現了吸引他目光的東西。有一截紙片被壓在榻榻米底下。怜彎下腰試著把紙片拉出來。

「那、那裡有什麼東西嗎？」

明乃靠過來，探頭往下看。那是一張照片。

照片裡的人一個是知久，另一人理所當然是怜。背景是體育館，兩人身上都穿著劍道護具。

（這是高二時候的……）

怜一看就知道，那是劍道社靠著團體賽，一路打入全縣大賽時拍的照片。具備實力的怜與知久跟隨三個充滿幹勁的學長姐一同出場比賽，後來雖然在準決賽上落敗，但對這個沒有知名度的弱小社團來說，已經是令人驚喜的結果了。

然後，這張照片是跑來為他們加油打氣的正史所拍下的。

十一年前的兩個男孩子，臉上充滿了笑容。怜吃了一驚，原來自己在高二時長得這麼青澀嗎？知久用手臂圈住怜的肩膀，臉上是由衷的喜悅。

猝不及防的，怜的心抽痛了一下。

井元一案掠過他的腦海。還有，昨晚知久說的那些話——

「怜大哥？怎麼了嗎？」

明乃一臉擔憂地探頭看向他。

「你的臉色不太好耶，是不是太累了？」

「不——我沒事。這張照片好像掉到榻榻米下面了。」

「好像是耶。爺爺洗了一堆相片後就丟在壁龕不管，所以才會掉下去吧。」

「啊，對了，既然已經上完香，我可以去跟老師打個招呼嗎？」

聽到明乃喊爺爺，怜才想起來。明乃點了點頭，然後輕笑出聲。

「當然可以呀。不過，聽怜大哥說敬語總覺得怪怪的。」

明乃沿著走廊往前走，怜跟在她身後抓了抓頭髮說「有嗎」。

「有啊，以前你都叫我『小乃』。像以前那樣說話就行了啦，我不介意。」

「那是因為我們都已經是大人了……」

自從高中畢業後，怜只見過明乃幾次面而已，所以舉止太過親暱會讓人感到不好意思。

「對了，明乃，妳現在在哪裡工作？」

「你知道有家叫朱鳥堂的公司嗎？我在它的總公司工作。」

「我當然知道，那不是一家很有名的化妝品公司嗎？它在東京都內吧？從這裡通勤很累吧。」

「對啊，搭電車單趟要兩個小時左右。如果會開車的話，我也想開車上下班……可是自從發生了保奈美姐的交通意外後，我就完全提不起勁去考駕照了。」

從怜的角度來看，只覺得她是在強撐。

（原來不只知久一個人——這個家裡的每個人都痛苦地過了一年。）

兩人在微暗的走廊上邊走邊聊。木製地板發出悅耳的嘎吱聲，空氣中瀰漫著傳統古宅特有的味道——怜沉浸在滿滿的懷念裡。

「老師還沒睡嗎？」

他突然不安地詢問。明乃轉過頭，朝他露出微笑。

「應該還沒睡。之前幫傭來家裡，剛剛幫忙煮好晚餐，所以現在應該正在幫爺爺泡飯後的熱茶。」

「咦，幫傭嗎……知久有說過老師的關節情況變差，你們不是請看護嗎？」

聞言，明乃搖搖頭說「不是，不是」。

「沒到那麼誇張的程度啦。爺爺在家中移動全要靠輪椅沒錯，每次行動看起來都超級辛苦，不過他其實精神非常好。」

話雖如此，但怜還是擔心老師身體上的痛楚。不知道他老人家的真實情況如何——還來不及做太多猜測，他們便抵達了走廊盡頭。

「就在這個房間。」

明乃說完，敲了敲門。

「是明乃嗎？進來吧。」

充滿生命力的洪亮嗓音響起。是老師那令人懷念的聲音——

明乃打開了紙拉門，結果，怜大吃一驚，忍不住眨了眨眼睛。

待在房間中央的是坐在輪椅上的老人，也就是文月正史本人——然後，他的對面坐著一個青年。

「咦……你怎麼會在這裡？」

怜伸手指向青年，對方定定地回視那根手指。

「這句話應該是我的臺詞。」

光彌開口說道。

6

「這樣的模式也太多次了……每次我都被你嚇一大跳。」

「我也一樣被嚇到啊。」

光彌一邊回嘴，一邊端起急須壺倒杯茶，放到怜的面前。

「哈哈哈！沒想到原來三上你認識怜啊，真是意外的緣分吶。」

正史晃著下巴的白色鬍鬚豪邁大笑。

如同知久兄妹所言，正史精神很矍鑠。雖然鬍鬚和顯得稀薄的頭髮全都白了，但其他地方並不顯得老態。他的皺紋很少，聲音充滿精力。

「怜，你有段時間沒來了吧？我等你都快等到不耐煩了。」

「對不起，很久沒來探望您，因為我實在空不出時間……」

「沒事，你用不著道歉，刑警的工作應該很忙吧。」

正史啜了一口茶湯，瞇起了眼睛。

「你昨天和知久見面了吧。」

「是的。然後，我聽說了老師的身體狀況，便想說一定要來一趟……早知道應該帶點伴手禮過來的，是我太粗心了。」

「不用不用，我的學生能過來讓我看一眼，就是最好的禮物了。況且，知久和明乃也太小題大作，我的身體還沒糟到那個地步。」

「對了。」正史朝光彌揮了揮手。

「你們兩個是怎麼認識的？」

「就是那個……我曾經委託過家事服務公司，請他們過來幫忙打掃之類的。」

「這樣啊？一個男生自己住，這也是沒辦法的事。事實上，三上在煮飯和打掃方面確實也都是最優秀的。不過，怜，你這把年紀也該娶個老婆了吧？」

怜不知該怎麼回答。他到現在還是不習慣面對這種問題。

「爺爺，現今這個時代已經不能說那種話了啦。」

「我擔心學生也不行嗎？這小子不也很清楚世間艱難嗎？」

縱使被明乃責備，正史也毫不在乎。

（……老師其實不是壞人，但……）

價值觀的差異，是一個橫亙在人與人之間的無解難題。年齡與性別不同的話，尤其更容易產生差異。正史說的話，雖然讓怜聽了覺得心底很不舒服，但也生不出責怪他的念頭。

「那麼，我也差不多該告辭了。」

光彌說完後，從椅子上起身。看著他迅速收起圍裙，怜莫名湧出一股想挽留他的情緒。

正當他準備朝光彌開口的時候，懷中的手機震動了起來。看了看螢幕，是島崎打來的電話。

「失陪一下。」

怜退到走廊上，把紙拉門嚴絲合縫關上後才接通電話。

『晚安，請問你現在方便講電話嗎？』

「可以……島崎前輩是要講知久的不在場證明的事嗎？」

『沒錯。我就從結論說起吧。』

島崎討厭浪費時間，便開門見山地說。

『我們幾乎已經能肯定，文月知久的不在場證明是真的。』

「咦……」

怜不自覺發出聲音，因為他整個人已經呆住了。

『那家〈昭和奇譚〉在入口有裝設監視器。我們檢查過昨天的錄影，發現文月先生是在五點五十九分走入店裡，然後，在九點十二分與你一起走出這家店之前，這段時間他完全不曾離開過。』

可是，光憑這個應該還無法當作證據吧——怜在心底暗忖。島崎想說的，當然也不只有這些。

『不過，這個結果我們也早就預料到了。雖說正面入口的監視器沒有拍到，但重點在於他和你開始用餐後，離座的那二十分鐘的時間。』

沒錯，那才是關鍵。

『然後，我們仔細調查過那間居酒屋內部，得出的結論是他不可能做出犯行。』

「為——為什麼？」

雖然不想懷疑死黨，但怜搞不懂為何知久能在這種狀況下洗清嫌疑。

『原因很簡單，因為文月先生無法離開那棟建築物。』

「也就是說……那家店沒有其他出入口的意思嗎？」

『嚴格來說不是，因為還有個廚房後門——但它位於廚房後面。當時，廚房裡有好幾個工作人員，兩位廚房負責人一直沒有離開工作崗位，負責那個樓層的人員也一直來回進出。』

「原來如此。所以說，沒人用得了廚房後門。但窗戶之類的地方呢？」

為何自己沒辦法心無芥蒂地為死黨的清白感到高興呢？怜邊想邊反問。

『爬窗是不可能的。廁所和廚房一樣，位於店內一條偏僻的通道上——你當時有看到嗎？』

「沒有，因為我沒用那家店的廁所。」

『通道盡頭有一扇窗戶，是那種可以上下滑動的類型。不過它就跟氣窗沒兩樣，打開後頂多只有長四十公分、寬三十公分的空間，一個成年男性是無法從那裡進出的。』

「那廁所裡呢？」

『廁所是男女共用，只有一間隔間。裡面當然有窗戶，不過是格子窗，而且用的是相當堅固的鐵條。仔細想想，這也是正常的，畢竟那是一家餐廳。』

這麼說也對。如果放任大家從廁所這個死角自由進出的話，就等於放任大家自由來吃霸王餐了。

「換句話說，那個晚上知久不曾離開居酒屋半步……」

『沒錯，因此他的嫌疑洗清了──暫時。總之，除了去年的交通意外，我們會調查看看井元先生有沒有招惹其他人怨恨。』

「……非常感謝島崎前輩特地通知我。」

『不會。』

島崎停頓了一秒鐘。這是她表露出的一絲猶豫。

『……不過，由於文月先生有殺人動機的可能性實在太高，所以他的嫌疑其實還不算完全洗清。以後或許還需要麻煩你協助辦案。』

「好，我明白，當然沒問題──那我先掛了。」

結束這通電話後，怜嘆了一口又重又長的氣。

他還無法好好整理腦中的思緒。

（知久的嫌疑洗清了……這算是洗清了吧？我應該不用再懷疑他了吧？）

怜帶著一片混亂的腦袋拉開紙拉門，回到房間裡。這時，玄關大門傳來了聲響，是老舊拉門滑動的嘎啦嘎啦聲。知久回家了。

「啊，是大哥。我去叫他過來。」

明乃與怜擦身而過，走出房間。現在頭腦還一片混亂的怜，還沒做好心理準備和知久說話。剛剛他也是靠著一股衝動，才這麼晚不請自來地跑來這裡，而剛剛島崎打來的電話，讓他更加不知所措。

怎麼辦才好——怜想好好思索一番，無奈正史不停詢問他的近況，讓他無法動腦思考。

光彌收拾好自己的東西，正在找恰當的時機告辭離開。

還沒等怜整理好思緒，明乃就回來了，她身後站著一身西裝打扮的知久。

「啊，是家政夫小弟。今天你也來幫忙嗎？」

向光彌打過招呼後，知久才側頭看向怜。

「嗨，怜，一天不見了。」

知久的神情有點晦暗。雖然他拉高嘴角露出微笑，但笑容非常僵硬。

「知久——」

怜開口寒暄，卻想不出接下去該說什麼，就如同昨天兩人分別的時候。毫無疑問地，知久現在正被某種不知名的東西所束縛著——但怜搞不懂那東西究竟是什麼。

「哎呀，知久，你也快來坐吧。」

正史愉快地大喊，然而知久卻用冰冷的視線看向爺爺。

「警察沒有來家裡嗎？除了怜以外的。」

正史瞪大了雙眼，明乃用充滿不安的顫抖聲音說：「大、大哥……？」

「怎麼了，你們兩個都沒看新聞嗎？井元死了。」

知久的話語，讓整個房間瞬間鴉雀無聲。

怜立刻看向光彌，光彌似乎完全狀況外，回以一個充滿納悶的眼神。

「你說的井元是……保奈美車禍的那個……」

正史用沙啞的聲音含糊不清地說。知久簡短回答「沒錯」。

「咦？等等——你說他死了？這是怎麼回事？」

明乃一臉震驚地把頭髮往後撥。知久投向妹妹的視線也是空洞的。

「妳不知道音野市發生的那個案件嗎？」

「如果你指的是網路新聞的標題，我是有看啦……」

「那個被殺害的男性就是井元。搞什麼，原來被偵訊的只有我而已嗎？算了，這幾天警察可能也會來家裡也說不定。」

在怜看來，明乃的反應來自她一時無法處理好自己的情緒。她做了一個大大的深呼吸，然後問了一個問題。

「所以說，警察懷疑是大哥殺死他的嗎？」

「看起來是這樣沒錯。除了我，應該也沒有其他明顯有動機的人了吧。」

「可是！」

明乃發出大叫。

「不、不是大哥吧……？難不成大哥……肯、肯定不是吧？」

知久並沒有馬上做出回應，然後，他帶著一抹憂鬱的笑容說道。

「嗯，肯定不是啊。」

聽到這樣的回應，怜最終還是找不回自己該對知久說的那些話。

「所以呢？怜你是來幹嘛的。」

知久詢問的聲音很冰冷。

「難不成你正在為那個案子進行調查？」

「……不是。那個案子在我的管轄區域外，況且要進行偵訊的話，不可能交給被列為案件相關人士的我來做。」

怜發現自己也跟知久沒兩樣，聲音中毫無感情。

「身為前刑警，這點事你應該很清楚吧……？」

「啊，對喔。」

知久的回答中帶著一絲絲答非所問的感覺。

「我是來看看老師的身體狀況的，昨天不是跟你說過了嗎？」

「啊……對喔。」

又是一個敷衍的回答。怜已經察覺到，知久關上了心門。他很明顯在拒絕怜的靠近。

「我去換一下衣服再回來。」

知久背對眾人拉開了紙拉門。

「怜明天還要工作吧？既然你已經見過爺爺了，還是別太晚回去比較好吧？」

知久離開了房間，只留下一室沉鬱的氣氛。

怜隨即開口告辭。正史沒有出言挽留，神色看起來有些心不在焉。怜明白，他肯定心底正記掛著井元和樹的事。

明乃先一步起身，一路把怜與光彌送到玄關大門。

「那個……對不起，怜大哥，我哥他方才有點失禮。」

「哪裡。這麼晚不請自來，我才要向你們說抱歉。」

光彌用眼尾餘光，一直看著那兩個壓低聲音交談的人。

怜在玄關一邊穿著鞋子，一邊暗暗下定決心，轉頭看向明乃，把先前自己一直猶豫著不知該不該問的問題說出來。

「明乃，昨天晚上知久大概幾點回到家的？」

這個問題所隱含的意義，明乃似乎立刻就發現了，然後她抿緊了嘴唇。可是，怜一直看著她的眼睛，於是她緩緩開口說道。

「我昨天很早就去睡了，大概十點半左右吧……所以我有點不太清楚大哥他是幾點回來的。」

知久與怜是在九點十五分左右道別的。

從恩海車站到文月家，開車約三十分鐘。如果知久從居酒屋直接回家，到家時間當然不可能超過十點半。

「那妳知道老師是幾點就寢的嗎？老師有比妳更晚睡嗎？」

「沒有，爺爺他比我更早就寢。昨天傍晚，他去鄰居家下圍棋，八點左右回來，九點出頭就上床去，大概是覺得累了吧。」

這番答案，讓怜的心中越來越感到不安。

（知久回到這裡的時候，另外兩人都已經睡著了。而且，那時候已經過了十點半……）

一直保持沉默的光彌咳了咳，顯示自己的存在。

「那麼我先告辭了。」

「好的，謝謝你，三上先生，下次再麻煩你了。」

明乃接著重新轉頭看向怜，開口說。

「呃，怜大哥——」

「怎麼了？」

「我知道拜託你這種事很厚臉皮，但萬一……」

她的眼眶含著不安的淚光，對怜說道。

「萬一大哥他心底有什麼痛苦……拜託你救救他。」

怜握緊拳頭，回答她「好」。只有他自己知道，那回答的聲音有多虛弱無力。

7

怜和光彌並肩佇立在文月家房子前好一會兒，怜開口說了第一句話。

「你來這個家工作多久了？」

「以期間來說，目前才兩個星期左右，以頻率來說是三天一次。不過，這全都取決於文月兄妹的忙碌程度，所以算是不定期過來。明天我也會來工作。」

「這樣啊……你從車站走到這裡來的嗎？」

光彌一邊呼出白色的霧氣，一邊點點頭。

「嗯，因為從寧路車站步行到這間房子只要五分鐘。」

「可是你人住在恩海市，我以為你都在恩海市內工作。」

「寧路站位於大學到我家的路上，所以我就拜託公司劃分給我。下課後彎過來這裡很方便。」

兩人一邊聊著這些話題一邊往前走。

「那個，我開車送你回去吧？」

怜毅然決然地說出這個提議。光彌迅速瞇了瞇狹長的雙眼，回答道。

「謝謝，那就麻煩你了。」

他順從地答應了怜的提議，讓怜大感意外。因為光彌以往總是與他人保持一定的距離，所以怜原以為他會拒絕。

讓光彌坐上副駕駛座後，怜踩下汽車油門，慢慢地開在尚有發黑雪塊殘留的馬路上。

「你家在哪邊？」

「距離恩海車站西口大約十分鐘的區域。」

「那我就先開往恩海車站吧。」

「麻煩你了。」

眼前的紅綠燈變成紅燈，當汽車停下來的時候，光彌開口了。

「音野市的殺人案——文月先生是嫌疑犯嗎？」

怜用眼睛餘光看向光彌。光彌定定地回視他，眼神很認真。

「……不是。事實上，他的嫌疑姑且算是已經洗清了。」

「究竟是怎麼回事？」

怜撇下憂慮，決定全盤托出。

「這起案件的被害人，其實是去年開車撞死知久太太的男人——」

紅燈轉綠，汽車往前行駛。

怜一邊仔細看清夜晚的馬路，一邊繼續往下說。從昨晚自己與知久吃飯的事開始，到當時知久離席，回來後整個人變得很奇怪，還有，如果知久從居酒屋直接回家，到家時間不可能超過十點半。然後，他也把案發現場的情況告訴光彌，包括被害人應該是在其他地點被人殺害，之後才被拋屍到公園裡……

「原來如此，情況確實對文月先生很不利呢。不過，他已經洗清嫌疑的意思是？」

「據說他的不在場證明已經獲得證實了。」

怜將知久無法離開居酒屋的原因，仔仔細細說給光彌聽。從眼角餘光一看，光彌正歪著頭思考。

「覺得哪裡不對勁嗎？」

「不是……既然如此，文月先生就不是凶手了吧。但我不懂，為什麼怜大哥還會繼續懷疑他呢。」

「咦……哦哦？」

「這是什麼反應。」

「呃，那個……」

紅燈再次出現，怜踩下煞車。他假咳幾聲，重新轉頭看向光彌。

「因為你剛剛叫我『怜大哥』……」

「咦……」

光彌露出不知所措的神情，握拳抵住嘴巴。

「呃，對不起。因為文月——那位妹妹叫你『怜大哥』，我可能是被她影響到了。」

「你用不著道歉啦……從下次開始，我也希望你這麼叫我。」

坦白說，只有自己稱呼對方「光彌」，讓怜覺得有些孤單。

「喔，那我就這麼叫。」

光彌雖然臉上表情不變，但聲音中卻帶著些微害臊。

「所以說，為什麼你會因為文月先生的事而如此煩惱呢？明明他已經有了不在場證明。」

原本平靜下來的心情瞬間煙消雲散，痛苦的現實再度擺到怜的面前。

方才講述時，怜故意略過了最關鍵的部分。知久說過的那些話，他覺得不能隨便告訴其他人，因為在這世上，知久只對他說過那些話。

然而，最後怜還是決定說出來。如果聽眾是光彌，他可以說。

怜將昨晚兩人離別時的對話，重複講了一遍給光彌聽。在這段期間，汽車駛入了恩海市，再過不久就會到恩海車站。

「原來如此。」

聽完後，光彌只說了這麼幾個字。怜原本還在等待他的後續評論，但光彌一直沉默不語，於是他只好催促道：「你怎麼看？」

「什麼……意思？」

「我實在不願相信知久他殺了人，縱使那個人奪走了他心愛的人的性命。可是，為何昨晚他偏偏要問我那種莫名其妙的問題呢……我實在無法理解。」

「因為犯罪後的罪惡感。」

光彌的低語，讓怜身體一僵。

「怜大哥是這麼想的吧？」

「……或許是這樣吧，可是我真的不懂。至少他的不在場證明很完美。」

「我覺得不能斷言它是完美的。或許，文月先生是用某種手法執行殺人計畫。」

光彌的這句話，令怜大吃一驚。

他費了一些力氣才握緊方向盤，專心地開車。

「知久的不在場證明是個騙局……你的意思是這樣嗎？」

「用那樣的角度思考也不是不可能，我的意思是這樣。」

怜有種被人敷衍搪塞的感覺。光彌看起來正專注地沉思中，讓怜相當焦慮不安。不久後，光彌終於慢條斯理地開口了。

「怜大哥，假如文月先生的嫌疑就這樣洗清了……你能真心接受並且相信他的清白嗎？」

「天知道。」

怜重新回想了一遍知久在昨晚與今天的行為舉止——以及他那晦暗的表情。那已經不是怜所認識的那個好友的臉龐了。

「我覺得我辦不到。不只如此，我應該一輩子都會覺得自己與那傢伙之間有一層隔閡吧。不對，我跟他會再也當不成朋友。」

雖然嘴裡這麼說，但實際上自己出乎意外地接納了這個事實。

「那個，怜大哥……由我來說這種話可能有些越俎代庖……」

「怎麼了？」

「我想，不能放任這種情況持續下去……我不知道具體該怎麼形容，但我總覺得，必須要把這件事好好做個了結才行。」

正當怜感到一頭霧水的時候，光彌的身體靠向駕駛座。

「要不要繞個路呢？」

他這麼說道。

從文月家離開後，他們花了將近一個小時才抵達那個地方。

讓怜震驚的是，音野森林公園竟然沒有關閉。

他們繞到停車場想把車子開進去，然後明白了箇中原因。原來變成犯罪現場的停車場是獨立在外，與公園之間隔著一條馬路。架設著「第二停車場」看板的那片土地上仍被黃色封鎖線圍起來，並有身穿制服的警察站在一旁。

怜把車子停到與公園比鄰的第一停車場。這裡的空間應該可以停三十輛以上的汽車，但現在卻連十輛都不到，大概是被殺人案所影響。

兩人下了車後，第一步先嘗試接近第二停車場。但因為天色太暗，看不太清楚四周情況，加上還有警察在，所以感覺很難接近。

怜發現，在停車場附近的石牆邊放了花束。大概是有人為了追悼井元而供養的吧。

「……我們走吧。」

光彌已經轉過身去，於是怜便跟在他身後走。

一踏入公園範圍，光彩奪目的七彩世界立刻映入眼簾。那些都是耶誕節的燈飾。沿著步道排列的樹木上，纏繞著美麗的光芒。紅色、藍色、黃色、綠色——各式各樣的顏色全都在閃閃發亮，也有一部分忽明忽暗地閃爍著。殘留的白雪反射出那些光線。

「咦，比傳說中還更華麗耶。」

「是啊。昨天應該會更壯觀吧，因為天空還下著小雪，而且最重要的是那起殺人案還沒發生。」

光彌一面說著這些話，一面沙沙地踩著雪，從草地上走過去。怜跟著他的腳步往前走。

兩人一路走到水池畔，燈飾映照在水面上，看起來很夢幻。

「我還是很在意，為什麼凶手會把屍體丟棄在這裡呢？昨晚這裡的人潮非常多，隨時都有可能被人發現。」

「這一點確實令人在意。而且，凶手還特地讓屍體靠著汽車，彷彿在對大家說快來發現這裡有屍體。」

「……果然是這樣沒錯吧。」

光彌別有深意地話只說一半。他沒說出口的東西，怜也心知肚明。

「也就是說，凶手希望屍體早一點被人發現——凶手希望有人早一點報警、屍體早一點解剖。為什麼呢……」

「因為警方如果無法正確推斷出死亡推測時間，凶手費心製造的不在場證明就沒用了。」

光彌接過話尾繼續說。怜長長地吐出一口白霧後，用力握住水池的柵欄。

「……人果然是知久殺的嗎？」

「我不知道。」

「我覺得……我知道。」

而且幾乎已經算是徹底肯定了。

好友犯下了一個無法挽回的罪過——

「我該怎麼做才對呢？」

「我是局外人，無法給出任何意見。但我想……就這麼棄之不顧的話，怜大哥會覺得很難過吧？」

「我……」

確實是這樣沒錯。如果就這樣維持原狀，他覺得自己會後悔一輩子。

萬一這個案件陷入膠著——一思及此，怜便覺得可怕。因為，他不僅會失去知久這個好友，自己也會因明明接近了真相卻又故意置之不理，而永遠被罪惡感所折磨。

「你說的沒錯……我就用自己的方式，盡力去試試看吧。謝謝你，光彌。」

「哪裡，我並沒做什麼。」

光彌難為情地別開視線。

怜突然感覺到一股寒意竄出，便把手塞進大衣口袋，結果發現口袋裡好像有什麼東西，就試著往外抽。

（啊……我把它拿走啦……）

口袋裡的東西，正是從榻榻米底下抽出來的那張高中時代的怜與知久的照片。怜看著從前的知久笑得天真無邪的臉龐，遲遲無法將之與現在的知久的臉重疊在一起。

（知久如今還願意對我露出這樣的笑容嗎？）

怜捏緊了那張照片，光彌則在一旁默默注視著他。

「怜大哥，我們稍微散步一下吧？」

光彌穿著靴子的雙腳蠢蠢欲動，同時開口提議。

「說不定我們可以瞭解案件當晚的氣氛……而且你看，這裡很漂亮對吧？」

8

隔天，整個上午怜都不用上班。

外面天空烏雲密布，風也很強。怜拉緊了兩側衣領走出家門。

恩海車站前的〈昭和奇譚〉十點才開門營業，但他九點出頭造訪時，店家已經打開了照明燈光。

一踏入店裡，立刻有男人露出明顯的為難神色，邊說「我們還沒營業——」邊走過來。怜立刻朝對方亮出警徽。

「啊，是警察？你們昨天不是把店裡全都調查過一遍了嗎？」

「我有幾個地方想確認一下，方便讓我再看一下店內的情況嗎？」

「是嗎？那我繼續做自己的工作，請您自便。」

這個看起來像老闆的男人回頭繼續去擦桌子，怜偷偷鬆了一口氣。因為島崎一行人當初過來的時候，有可能讓對方看過他的照片，曝光了他的身分。看起來是他杞人憂天了。

這家居酒屋的所有座位全都用高高的隔板區隔開來，每個空間都是獨立的。其中很多是兩人座的席位，也有可以容納四人以上的席位，不過這家店並不適合太多人聚會。

怜站在自己和知久前天晚上坐過的座位，接著，他沿著通道直直走，往廁所方向前進。

（仔細回想起來，當初指定這家店的好像就是知久……）

由於從前的怜容易猶豫不決，導致兩人聚餐的時候，通常由知久掌握主導權。因此，當對方在通訊軟體上說「我找到一家不錯的店，在這裡聚餐好嗎？」的時候，怜便乖乖同意了。可是，一考量到這起殺人案，就會懷疑知久選擇這家店，是不是有什麼用意——怜冒出了這樣的念頭。

他試著打開走廊盡頭的一扇小窗戶，隔壁建築物的牆壁隨之出現在眼前。探出臉環視四周，沒有任何東西引得起他的注意。由於照不到太陽，所以還殘留一些雪塊。

下一步，怜打開靠近走廊的廁所的門。

映入眼簾的是洗手臺，右手邊是隔間，隔間裡只有一座馬桶。

（這就是他們說的那扇窗戶嗎？）

走廊上的窗戶朝向東邊，這扇窗戶則朝向南邊。窗戶位在馬桶後面，於是怜把膝蓋撐在馬桶蓋上，身體往前傾。轉開月牙鎖，打開窗戶，外面確實鑲了鐵欄杆，窗戶另一邊似乎是停車場，現在停沒幾輛車。

怜抓住欄杆搖了搖，沒有任何地方有脫落跡象。接著，他試著把手臂穿過欄杆間的縫隙，到上手臂為止勉強可以通過，但肩膀就卡住了，因此不可能從這裡爬到外面去。

（等一下……如果行凶現場就是這裡呢？）

凶器據說是刀子，如果從這裡伸出手臂，刺殺待在外面的被害人，並非不可能辦到的事。好比說，事先把被害人叫到外面的停車場來。雖然不清楚知久是如何聯絡井元，但有「交通事故的加害者與被害者遺族」這一層關係在，即使遺族提出有些無理的要求，加害者大概也很難違抗。總之，知久找了某種藉口，讓井元事先等在這裡，然後他則一臉若無其事地與怜聚餐。接著，他來到洗手間，打開這扇窗戶，朝井元招手說「你來這邊一下」，再從欄杆縫隙伸出刀子——

（不對，這應該很難辦到。）

怜一邊關上窗戶，一邊搖搖頭。

因為，窗戶的位置實在太高了。窗口的最低處剛好在怜的胸口附近，而怜的身高在一百八十公分出頭，比成年男性的平均身高還高。他雖然不清楚井元的身高，但這扇窗戶的高度怎麼想都不可能等於對方的腹部。

那麼，如果讓井元爬到臺子上，使他的腹部上升到窗戶的高度呢？縱使他們之間存在著某種難以做出反抗的關係，但會有人乖乖聽從這種指令嗎？怜實在難以想像。

（不過，那座停車場姑且也去調查一下吧。）

怜走出廁所，決定改去調查廚房。

他打開廁所斜前方的一扇門，探頭往裡面看。料理臺前站著一個體格很好的男人，他瞪大了雙眼看向怜。

「啊，抱歉，我是警察。」

這個廚師縮了縮脖子表示知道了，然後繼續自己的工作。他正拿著菜刀切雞肉，似乎是在做今日的營業前備料。

怜首先判斷出，知久想偷偷靠近廚房後門是不可能的事，因為門在廚房的最深處。東側的牆壁上也有窗戶，目測起來與廁所窗戶差不多大小，但想要在廚房裡的人沒察覺的情況下接近窗戶，也是不可能的事——

怜關上門，回到通道上。那個看起來像老闆的男人還在到處擦桌子。

「抱歉，請問前天晚上停在停車場裡的車……」

「你是指後面的停車場吧？」

對方不等怜把話說完，便態度粗魯地回答。

「那座停車場裡的車，都是客人們各自隨意停放的，我們工作人員並不知道誰的車停在哪裡。這一點我昨天已經說過了吧？麻煩你們同事之間好好分享一下資訊好嗎。」

「抱歉。感謝您的協助。」

怜鞠了個躬後，垂頭喪氣地走出居酒屋。看來自己只是跟著島崎他們的調查依樣畫葫蘆而已。

為了謹慎起見，怜繞到建築物後方去看看停車場。鋪了柏油的場地內，預估可以停放十輛左右的汽車。

（停車場——屍體被丟棄的地點也是音野森林公園的停車場。因為這裡就是行凶現場嗎？因此，才會棄屍在周圍條件很類似的另一座「停車場」裡……？）

到底是為什麼，自己會如此執拗地懷疑好友呢？

怜逐漸對自己的舉動感到厭煩，但還是不想掩蓋這份懷疑。

他朝〈昭和奇譚〉的廁所窗戶走過去，窗戶前也是一片停車空地。

（假設知久當時把車停在這裡……）

如果井元是在這個地方斷氣，知久或許把他的屍體藏在汽車後面，讓別人看不見。這麼一來，他就能與怜聚完餐後，再來收回屍體——

「不行啊。」

怜不自覺這麼自言自語起來。這種推理一點說服力都沒有。況且，對於知久如何刺中井元「腹部」的問題，也沒找到答案。強迫井元事先在這種地方等待，也是不可能的事。照理說，一家處於忙碌高峰的餐廳裡，會有汽車不斷進進出出。假如井元真的在這裡等待，應該有一大堆目擊證人才對。況且，屍體也不見得會剛剛好倒在車子後面——

他實在無法想像，知久有辦法一面待在居酒屋裡，一面殺人。

（如果我能相信知久不是殺人凶手，乖乖放下心不就好了嗎……為什麼就是辦不到呢，我這個笨蛋！）

怜真是恨死自己了。可是，那個晚上知久所說的話，一直盤旋在他的腦海裡。

——縱使我殺了人？

9

同一天下午，光彌為了煮晚餐而來到文月家。

人一到，正史馬上拜託他把送到玄關的榻榻米搬進房間裡。

「唉，連這種事都麻煩你幫忙，真是抱歉。」

正史豪邁地笑著。處於被榻榻米遮住而看不到前方的狀態，光彌回答「不會」。他一邊注意著門框高度，一邊把榻榻米搬進佛堂，慎重地將之放到先前拆掉榻榻米的區域。

「沒錯，沒錯，就是那裡……嗯，非常棒。」

在正史的引導下，光彌總算把榻榻米塞進洞裡。

「謝謝你，幸好榻榻米是在你過來時送到家的。以男生來說，雖然你很瘦，但身體還挺健壯的嘛。」

「謝謝誇獎。」

正史的話讓人聽起來不是很順耳，光彌便左耳進右耳出地輕鬆應付過去。

「可是，現在榻榻米的顏色就只有一個地方變得不一樣，總覺得很醜，還不如乾脆全部換掉算了。」

坐在輪椅上的正史從走廊探頭看向佛堂，然後說道。

（很醜……）

光彌想起了自己三天前來這裡的時候，把這個房間裡的榻榻米全都擦得亮晶晶。他使用了祕傳妙招，就是用加了一點點醋的水搭配抹布進行擦拭，成果相當地漂亮，不過現在看起來，那些努力全都要化為幻影了。

「那麼我來準備煮晚餐，可以借用一下廚房嗎？」

「好，麻煩你了。」

「三天前我來的時候是吃咖哩，昨天則是煮了燉牛肉對吧？這次改變一下風格，吃日式餐點如何？」

「好，好，這個好。那我先去房間裡看書吧。」

正史把輪椅掉頭，光彌原本想幫忙推，但正史說「不用了，我可以！」拒絕了他，然後獨自在走廊上前進。

廚房就在佛堂旁邊。光彌直接走進廚房，看了下手錶，時間剛過五點三十分。從現在開始煮菜的話，晚餐應該可以在恰到好處的時間完成。不過，知久和明乃都還沒回到家。

正史把菜色的選擇權完全交給了光彌，還說「冰箱裡的東西都隨你使用」。光彌觀察了下冰箱，思索可以煮哪些菜餚。

（煎魚的話，晚一點吃的人會覺得不好吃。這裡有雞肉……要燉點東西嗎？）

在腦袋裡把菜單大致思考過一遍後，他便立刻開始動手做菜。從蔬果室裡拿出需要的食材，放到寬廣料理臺的一隅。

打開水槽下方的抽屜時，光彌覺得好像有哪裡怪怪的。裡面的菜刀全都握柄朝上整齊擺放著。

（但這些……）

光彌實在很在意，於是把刀子全部擺到砧板上。

三德刀、切菜刀、牛刀、麵包刀、水果刀，這些刀具是大賣場販賣的商品，看起來全是同一個廠牌。但所有刀具之中，唯獨水果刀的握柄光亮得出奇。其他刀具都已經被人用了一段時間，刀刃也都磨損了，然而唯獨這把水果刀看起來像新的一樣。

光彌動腦回憶昨天準備煮燉牛肉時的情況。

（……嗯，我想起來了，昨天傍晚這裡沒有水果刀。）

可是現在卻多了一把嶄新的水果刀——

這時他想到，井元和樹的死因是被人刺死。

「喔，沒錯，水果刀是知久買回來的。」

聽到光彌的詢問，正史毫不猶豫地這樣回答。

「昨天晚上，在怜和你都離開之後，我想吃點仙貝之類的東西，就去了一趟廚房，結果發現知久也在那裡。他從大賣場的袋子裡，拿出一把新的刀子。我開口叫他的時候他嚇了一跳，說是『買了新的回來換掉』。這裡是他家，他光明正大拿出來不就好了嗎……話說回來，這些菜看起來真好吃。」

餐桌上已經擺好了燉煮白蘿蔔雞肉、放了青蔥與豆腐的味噌湯、海藻沙拉等料理。

「你方便的話，要不要來一起吃？別讓我一個老年人自己孤單吃飯。」

「……怜大哥也常常像這樣邀請我。」

光彌感覺到自己自然而然露出了笑容。

「不過，我按人數煮了剛好的份量，所以今天就不吃了。」

「這樣啊？但你的廚藝是真的很高竿。雖然大家都說君子遠庖廚，但你的廚藝應該比我家明乃還厲害吧？因為明乃她總是在外面買熟食回來填肚子。好比前天晚上，她也是說『因為今天是耶誕夜』，所以買了現成的炸雞和披薩回來當晚餐，對老人家的胃部負擔實在很重。」

光彌心想，那些東西其實可以自己在家做，但還是控制住自己沒有把話說出口。

當他把圍裙折起來的時候，正史在他身後輕聲說道。

「保奈美她的廚藝很好。」

「是這樣啊。」

「明乃好像向她學了一些料理，我原本很期待她的廚藝會有所進步……」

「嗯。」

「所以，你也懷疑知久嗎？」

光彌原本有些敷衍地應和正史的話題，聽到這句話，不由自主停下了手上的動作。他回過頭，發現正史眼中蘊含著堅定的光芒，直直看著他。

「你會問我水果刀的事，就代表你有這種想法吧。」

「……對不起，是我胡亂猜疑。」

「用不著道歉啦。」

正史疲憊至極般地嘆了口氣，然後把視線放回餐桌上。

「工作的人家家裡可能有殺人犯，你會慌張也是正常的。不過，三上，你聽我說，知久他不會殺人的。」

正史用力瞇起眼睛，語氣很肯定。

「那小子不可能做出那些邪門歪道的事，因為我沒那樣培養他……」

光彌聽在耳中，深深覺得對方是在勸導自己。

10

——六年前十二月的那一夜，天空也同樣飄著雪。

怜夢見了那一天。

「恩海市連環殺童案」。

那是一樁三個小學生慘遭殺害的悲慘案件。而在調查案件時，怜的父親連城忍作警部補就這樣一去不回。

當時，去東京讀大學的怜接到了訃聞後回到了恩海市。尊敬的爸爸死掉了，讓怜一直有種不真實的感覺。之後連續幾天，他什麼事都做不了。怜的母親似乎也一樣，於是兩人連遺物都提不起勁去整理。

然後到了十二月三十日的晚上，知久打了電話過來，電話裡只說了句「可以見個面嗎」。怜的腦袋一片空白，被動地順著知久的話回答「可以見個面」。

聽到怜說不想去餐廳，知久便提議他來自己家。

三十一日的晚上，怜造訪了文月家。

接受正史與知久的弔唁話語後，怜在知久的帶領下，抵達了劍道場。知久把暖爐搬到身旁後，便把劍道場的大門整個打開。劍道場外頭，雪花在黑暗中一片接一片不停飄落。

「我們要特地待在這麼冷的地方聊天嗎？」

怜不滿地抱怨，知久說著「沒關係啦，沒關係啦」，把一個湯吞杯塞給他，杯子裡裝著日本酒。

「那個……你老爸的事，讓你很難過吧。我不知道該說什麼安慰你……」

「這句話剛剛我已經聽過了。可是，我到現在還是有些不敢置信，我爸他竟然殉職了，他竟然會做出這麼蠢的行為。為什麼……我爸他非死不可呢。」

接著一小段時間裡，兩人只是默默地看著雪舉杯對酌。

「小乃她……她的年紀已經不能用『小』了。明乃她現在不在家嗎？」

怜開口詢問，知久苦笑著喝了一杯。

「她現在人在東京，和你一樣。她說要去上大學，就離開家裡了。大家都那麼喜歡東京嗎，真是受不了。可是，明乃要離開家裡時，我們吵了一架。你也知道我爺爺是個老古板，他說『讓年輕小女孩一個人住，我會很擔心』。於是，明乃有個高中時感情很好的學姐，兩人恰巧上了同一間大學，明乃便決定找她合租房子，最後終於獲得爺爺的同意。」

這個時候，知久被酒精熏紅的臉變得更紅通通了。

「知久，你幹嘛自己一個人偷笑成那樣啊？」

「啊？我才沒自己偷笑咧。」

他一邊說著，一邊抓了抓頭髮，不好意思地垂下視線。

「唔──果然不能在劍道場說謊。老實說，我和明乃的那個學姐……不行，現在說的話……」

「你這根本已經說出來了吧。你們在交往吧？」

知久一臉很不好意思的模樣，點了兩次頭。

「你還真厲害。不過，因為我是獨生子，所以不太清楚，但你們變成這種關係，在明乃面前不會覺得尷尬嗎？」

「不會呀，明乃對我們說過『恭喜』，我也覺得不會再有比那個人更棒的女朋友了。她叫做保奈美，是個溫柔穩重又很聰明的人。」

「那我也只得跟你說一聲『恭喜』囉。」

怜送上了祝福，知久似乎很難為情，又仰頭大口喝了一杯酒。

「對不起啊，怜，在你這麼痛苦的時候，報告這種輕浮的消息。」

「不會，能聽到這種令人振奮的好事，我覺得很高興。那起連環殺童案的調查工作好像完全沒有進展，別說逮捕凶手了，甚至沒聽說警方找到嫌疑犯的消息。」

「這種殺人凶手真是噁心死了。他連續殺死了三個才十歲左右的小朋友對吧？不僅如此，在差點被抓到的時候，甚至連你老爸都被……那種人根本已經不是人了。」

知久接著把湯吞杯放到地板上，雙眼直直望著積雪的庭院。

「喂，怜，你以前是不是說過想當刑警？」

「咦，我嗎？什麼時候說的？」

「在我們剛認識的時候。你說警察很酷，你很崇拜。」

「啊，我可能說過吧。因為我很崇拜老爸。可是，最近我完全忘記這些事了。」

「我們都已經三年級了，再過不久就要升上四年級了對吧？你以後想找什麼工作？」

「我現在的目標是當個社會科的老師，大概是國中的。」

「真的假的……意思是只有我一個人要當刑警嗎？」

怜露出目瞪口呆的表情，知久咧嘴一笑，身體朝他靠過去。

「嚇到你了嗎？我已經買了考古題，一直很努力讀書呢。就職考試的時間在夏天，我應該能考上。」

「不對，刑警的話……你這是？太陽打從西邊出來了嗎。」

「你這是什麼意思，有那麼讓人意外嗎？……你想，要當警察的話，必須從柔道與劍道當中選一門當必修不是嗎？如果能發揮自己的劍道本領，我覺得挺不賴的。」

「就只是因為這樣嗎？」

怜心想，只因為這個原因的話，去當體育老師不就好了嗎？知久假咳了幾聲。

「幹嘛計較那麼多。對你來說，老爸是你的目標，對我來說，你就等同那個身分，不行嗎？」

被酒精熏暈的大腦一時間無法理解這句話的含意。

「呃，也就是說，我說想當刑警的這句話，給了你啟發嗎？」

「啊啊，夠了！丟臉死了，你不要再重說一次啦。」

怜抱著一種奇異的心情，看著知久用力把自己的頭髮抓成鳥窩頭。

「算了沒關係，怜，這是我所找到的屬於我自己的道路。不過，有句話我要跟你說。當初，是你引導偏離劍道止步不前的我往前走的，所以說，如果換你止步不前，我會一直不停幫助你，幫到你受不了為止，就如同你以前做的那樣。」

猝不及防地，淚水盈滿了怜的眼眶。他慌慌張張地擦了擦臉，然後站了起來。

「被你這麼一說，我怎麼可以止步不前呢！」

知久也跟著站起來，無聲地伸出拳頭。怜與他碰了碰拳。

「謝謝你，知久。」

從如此讓人懷念的夢中醒來後，怜躺在被窩裡發了好一會兒的呆。

雖然睡了一覺，但身體的疲憊卻絲毫沒有消除。

（知久……那一天的志向，你已經忘掉了嗎？）

發現自己流出了眼淚，怜用手臂蓋住了雙眼。

＊＊＊

怜決心先忘掉知久，全心投入工作裡。

十二月二十七日——新的一年即將到來。秉持著今年的工作要在今年內解決，警局裡大家忙成一團，幸運的是刑事課沒接到緊急事件的通知。

「連城。」

過了中午後，當怜正在處理一份接一份的文件時，土門從後方叫了他一聲。

「發生什麼事了？你的表情怎麼那麼嚴肅？還有，剛剛你繳交上來的申請書裡有三個錯字喔。」

「讓您見笑了，我馬上修改。」

「等等，你給我冷靜一點。」

土門在怜的辦公桌上放下一罐咖啡。

「我聽說，前天縣警那邊的島崎來見了你一面，和音野市的案件有什麼關係嗎？」

「……是的。其實不是什麼大事，只是因為我的朋友與案件有關聯，所以她找我聊了幾句。」

「是嗎？可是，你從昨天開始似乎就一直心煩意亂呢。在這種狀態下是做不好工作的吧，不如聯絡島崎確認案件狀況，如何？」

土門大膽果決的提議，讓怜驚訝地跳了起來。

「不，不可以！怎麼能因為私人因素，聯絡辦案中的刑警呢。」

「可是，你是案件的相關人士吧？所以你有權要求他們公開資訊。事實上根據傳聞，那邊的調查工作陷入了嚴重膠著。她來找你探聽資訊，而你藉此以相關人士的身分，說自己想起了一些東西，所以可以提供訊息——這也是合理的吧。不然這樣好了，我去幫你關說一下？」

「不用了，怎麼可以這麼麻煩前輩。」

怜抓住罐裝咖啡，從座位上起身。

「謝謝您的關心，還有，也謝謝您的咖啡。」

「嗯。現在沒有緊急的案件要處理，你去打電話吧。」

怜深刻感受到，自己擁有一位好長官。很幸運地吸菸區裡沒有人，於是他便在那裡撥電話給島崎。

『你好，我是島崎。』

「我是恩海警局的連城，請問現在可以耽誤您一點時間嗎？」

『嗯，五分鐘的話沒問題。老實說，我也正想打電話給你。』

看來，土門的判斷是正確的。怜放下了高懸的一顆心。

「其實我沒有什麼消息可以提供給您，只是想請問您後續調查的進展還好嗎？」

『目前停滯不前。』

她說的很直接。或許因為對象是身為警察的怜，所以拿掉了「深感遺憾」之類的社交辭令。

『首先，因為文月先生暫時從嫌犯名單裡刪除了，所以我們得去找其他的可疑人物。

我們把井元先生任職的公司、前公司全都重新調查了一遍。對了，為謹慎起見，我們也與文月保奈美──好像舊姓天堂吧？我們已經與她的雙親聯絡過了。』

怜印象中好像聽說過，保奈美的父母現在住在關西。當初有在喪禮上見過對方，但記憶中只留下他們沉浸在哀傷中不能自已的可憐身影。

「結果如何？」

『我們聯絡他們的行為，似乎讓他們覺得很受傷。據說是由於警方因井元和樹一案打電話給他們，明顯是把他們當成嫌犯懷疑所導致。總之，命案當晚他們人在關西，所以是清白的。』

怜的注意力逐漸無法集中在島崎的話語中。即使他內心再怎麼不願意，像這樣重新提起保奈美車禍的事，還是會讓知久的臉不時浮上腦海。

──縱使我殺了人？

那句話，又再次迴盪在腦海裡。

『從錢包裡的東西被拿走這一點來看，說不定把此案當成小偷所為比較妥當。但這麼一來，凶手為何要移動遺體就是一個謎題了。』

搜查總部準備往那個方向採取行動嗎？

『我們也有尋找當晚使用過公園停車場的人們進行詢問，結果只得知，到十點五十分左右為止屍體好像都還沒被放到那裡。沒有人目擊到可疑人物出沒……』

「那個，島崎前輩，您怎麼看知久的不在場證明？」

知久說過的那些話，怜一直瞞著沒告訴對方。這件事讓他心生愧疚，於是說出了這麼一句話。

『我認為他的不在場證明是真的。』

「可是，它成立的條件非常微妙，是不是也能視為是某種騙局呢？」

『你本身就是證人卻還說出這種話，真是奇妙。我想想，假如凶手越過鐵欄杆用刀刺死被害人，以物理上來說是有可能的，但實際上太牽強了。因為，凶手無法一一排除把被害人叫來時被人目擊到的風險，以及殺人時周圍恰巧有其他人的可能性等等。聽說文月先生以前是刑警吧？那他應該切身明白，比起單純沒有不在場證明，那些風險更加致命好幾倍。因此，我不認為他會為了製造不在場證明，而搬弄不必要的詭計。』

如此合情合理的看法，觸動了怜的心弦。

怜感受到一股強烈的誘惑，讓人想贊同她的看法，遺忘這起案件。

『總之，我們現在要轉往不同的方向進行調查，現階段不會發生你所擔心的那些狀況。』

「這樣啊……非常感謝您在百忙之中告訴我這些消息，那就不打擾您了。」

掛斷電話後，怜心不在焉地想著。

（我和島崎前輩他們踏上了正確的前進道路嗎？抑或者正在往後退呢……）

彷彿想沖掉那股不安般，怜一口氣喝光了罐裝咖啡

11

傍晚，得以提早下班的怜撥了電話給光彌。

家事服務公司〈MELODY〉基本上採預約制，但只要員工與顧客時間上方便，也能當天進行安排。

怜拜託光彌上門工作，由於沒有其他事情要辦，光彌便答應了。

（為什麼每次遇到苦惱的事情，我都會想依賴他呢？）

出現在玄關的光彌脫下大衣，露出和以往一樣白襯衫配黑褲子的打扮。

怜做的第一件事，就是先讓光彌到客廳去。兩人隔著桌子坐了下來。

「今天需要我做什麼？我來煮晚餐吧？」

「……不能只是說說話嗎？」

「唔——好像不行耶，服務項目裡沒有這一項。」

光彌靜靜露出微笑。

「仔細想一想，這真的很奇怪。有做家事或打掃的話就沒問題，什麼都沒做就會變成『不恰當』的關係。」

聽到這句話，怜感到很孤寂，輕輕地別開視線。

自從知久的案件發生後，他便開始不太怎麼動腦思考，但現在還是意識到，自己與光彌果然只是「家政夫與顧客」的關係。他不能造成對方的麻煩——

聽到自己的名字被呼喚，怜抬起了頭，發現光彌正一臉詫異地探頭看著他。

「怜大哥，怜大哥？」

「沒事……抱歉，造成你的麻煩。」

「好吧，我明白了。今天的工作取消，我不是打工人員，而是以私人朋友的身分來這個家玩——這樣你覺得如何？」

突如其來的提議，讓怜不知所措。

「你怎麼又……」

「怜大哥想和我聊天的話，我想實現你的願望。今天的我不當『家政夫』。」

光彌一臉認真地回視怜。他的這份坦率是如此耀眼，讓怜瞇起了眼睛。

「怜大哥，我在你和文月先生見面的那一晚——就是耶誕夜，去參加了蘭馬邀請我去的那場派對。」

「咦，你不是很討厭嗎？」

光彌突然垂下視線，露出微笑。

「我發現自己還是無法適應那種地方。不過，可以和平日沒有往來的學院的學生交談……結識擁有相同小說喜好的人，其實並不全然是壞事，而且我也算是還了蘭馬的人情了。總之，我開始覺得原來我也能做到那些事。而這全都多虧了怜大哥。」

「哪裡，我覺得前些日子是我太過多管閒事了……相反的，我才要說對不起。」

光彌搖了搖頭。

「才不會。因為你是為了我著想才說的，而我也想接納你的好意。況且……也不光只有這樣，怜大哥你不是還救了我嗎？」

（咦……？）

怜感到很意外，直直回視光彌的臉。

「……就是九月那個案件。」

光彌平靜地開口說道。

「六年前殺死我弟弟……以及你爸爸的凶手，你不是逮捕到案了嗎。那時候，你接納了我說的話。」

怜回憶起那時候的事。

——那時候，自己被光彌的眼淚觸動了心弦。

「過去六年間，我無法對任何人說出自己的心聲。蘭馬雖然一直當我的朋友，可是他太溫柔了，沒有開口問過我任何問題，為了我著想而保持沉默。他的舉動讓我覺得很舒服，也很感謝他……可是，從弟弟死掉的那一天開始，我便逐漸覺得自己無法與其他人產生聯繫。蘭馬曾說我就像隻刺蝟一樣。」

怜回想起初次見面時的光彌。刺蝟這兩個字用得真是傳神，怜發出類似笑中帶淚的聲音。

「怜大哥當時以刑警的身分，查出了我不曾對任何人說過的過往，一語道破我是那起連環誘拐殺童案裡，被殺害的小朋友的哥哥。突然被你指出這件事，我嚇了一大跳。」

「對不起。那時候是我欠缺考慮——」

「不是那樣的。那時候我是很驚訝，但……因為對象是身為刑警的你，所以我終於能把那些無法對別人說的事說出來了。弟弟之所以被殺害，都是因為我讓他自己一個人待在家。我一直無法原諒自己——然後，你不是對我說了一句話嗎？你說『你也該原諒自己了吧』。因此……」

光彌仔細觀察著怜的臉，怜也回視他的眼睛。

「——是你拯救了我。」

其實，是怜被這句話所拯救。

眼前的這個人需要他，可是他卻以「因為他們是顧客和家政夫」為由，避免自己依賴對方——在兩人中間畫出一條界線的人，其實是他。

既然光彌有能力幫助他，他就依賴光彌的那份才智吧。

「我很相信你的推理能力，所以想問問你關於這起案件的事。還有，如果你注意到哪裡不對勁，也希望你告訴我。」

光彌堅定地點點頭。

怜做的第一件事，就是仔仔細細地說出自己調查〈昭和奇譚〉時的情況。接著，再說出自己今天透過電話從島崎口中獲得的資訊。

「你怎麼看，光彌？」

說完後，怜這麼問道。光彌頓了一會兒後才回答。

「……老實說，我以家政夫身分進入文月先生家後，發現了有點在意的事。配合怜大哥方才說的消息去思考——」

他瞬間垂下視線。

「案件的輪廓已經顯現，所有的拼圖缺片都已經到齊了。」

怜用力閉上眼睛。光彌已經找出真相了，而從他的態度看來，那不會是怜所期盼的真相——

「我想知道，你在意的事情是什麼。」

「總共有兩件。第一件是關於水果刀。」

光彌說出了水果刀不見的事，以及新刀是由知久買回家的事。

聽完後，怜感覺到自己的思緒有了一個明確的方向。

「……為什麼會這樣？怎麼會……怎麼會……」

「然後，我在得知某件事後，便確定自己的想法沒錯。」

光彌道出了那件事。乍看之下只是微不足道的小事，但如果明瞭背後深意，會讓人嚇破膽。

怜頓時領悟到，自己的想法是正確的。

「這麼說來……兇手果然是……」

怜的聲音中蘊含著痛苦，光彌心照不宣地垂下眼睛。

於是，怜確定了。

自己的死黨成為了罪人。

12

十二月已經到了二十八號。

由於是平日的白天，所以馬路上空蕩蕩的，但因年關將近，空氣中帶著一絲浮躁的氣氛。

怜開著車奔馳在馬路上，光彌被他安排坐在副駕駛座上。在公寓前讓光彌上車後，一路上兩人便幾乎沒有開口說過話。

「……光彌，雖然現在說這種話已經太晚，不過，我總覺得我必須拒絕帶你同行才對。」

「這種說法真是優柔寡斷。」

把手肘撐在車門上的光彌看著窗外景色說道。

「我是警察，現在要去見一個殺人凶手，不該帶著你這個善良市民同行。」

「可是，你現在正帶著我同行。」

光彌的語氣宛如自言自語。

「這是因為怜大哥相信他們吧。相信文月先生——相信那個家庭。」

「或許只是我想相信他們。」

怜盡力佯裝若無其事地說道，但其實內心幾乎要落淚。

「是我太過自我中心了……可是，我絕對不會讓你受傷，你別離開我的身邊。」

「好。」

十二月的天空又高又冰冷，並且晴朗到惱人。

按下門鈴後，出來開門的是明乃。她身上穿著白色毛衣配牛仔褲，可看出她正處於輕鬆愉快的心情。

「雖然時間有點早，不過今天開始就是新年假期了。大哥他好像新年期間也要工作，但今天他休假，所以人在家裡。」

「不好意思，可以麻煩妳幫我請他出來一下嗎？」

「嗯，當然可以——話說回來，為什麼三上先生會跟怜大哥同行呢？」

看著一臉納悶的明乃，光彌回答「今天我們約好晚一點要一起出門一趟」。這個謊言實在太過自然，讓怜也在一瞬間覺得他們好像真的事前有約。

明乃回屋子裡去叫知久，留下他們兩人待在陰暗的土間。

怜感覺到自己的指尖開始顫抖。對自己等一下即將要做的事的恐懼感，直到現在才襲上心頭。

（因為，我正準備毀掉這個家庭的成員的人生。）

一旦有人被殺，所有相關人物的人生或多或少都會遭到毀壞，產生決定性的轉變。

由於保奈美死亡，知久的人生毀了。明乃的人生、正史的人生肯定也都受到影響。

然後，假如奪走人命的既不是天災也不是疾病，而是人類的話，這個加害者的人生也會產生無法挽回的崩壞。這或許就是因果報應。可是，其實不只加害者，連他們家庭成員的人生也會遭遇不可逆轉的傷害。這些都是無可避免的事。

現在，文月家三人的人生正遭到毀壞。而舉起毀壞他們人生的鐵鎚的人，不是別人正是怜。

「刑警真是一份討人厭的工作。」

怜無意識中低聲說出了這句話，手指也顫抖個不停。

一個溫暖的物體，輕輕碰上了他的指尖。是光彌的手包住了他的指尖。

握了一會兒後，光彌鬆開了怜的手，而顫抖也在不知不覺間停了下來。

明乃陪著知久走回來。

「怎麼了，怜？」

知久的嗓音中，帶著一股冰冷的拒絕之意。從案件發生以來，一直都是如此。

「你還在懷疑我嗎？我開始覺得火大起來了。」

可是，這不是知久真正的心聲。他想說出心聲卻不能說出口。

（沒錯，我必須要讓這傢伙獲得自由才行。）

怜的念頭不由自主變得堅定。

「不用擔心，這種情況今天就會結束。」

劍道場的空氣很冰冷，瀰漫著一股緊繃的緊張感。

怜、光彌、知久三人脫掉鞋子，踏上劍道場。

「到底怎麼了，怜？我們跑來這種地方做什麼？還有，為什麼家政夫會在這裡？」

「他只是旁聽，要對話的人是我跟你。」

「但我沒話跟你說。況且如果要說話，在溫暖的地方說不就好了嗎？為什麼還要特地對明乃說什麼『我們三個人想私底下說點話，請借我用一下劍道場』。這裡實在太冷了，我要回去。」

「不可以。」

怜堂堂正正地與弓著背的知久面對面。光彌走到牆邊，默默地凝視著他們兩人。

「我們就在這裡說話。唯有待在劍道場的時候，你才無法欺騙自己。」

「煩死了。你的意思是我一直在說謊嗎？連你也變得這麼多疑了。」

「知久！」

怜發出怒吼，聲音在劍道場內迴盪，打破了一室靜謐的空氣。

「你不要再演了，我全都知道了。」

「難不成你想說是我殺死了井元嗎？……之前可是你幫我做證說我的不在場證明是真的。如果那些是假的，那你告訴我，我到底用了什麼手段？現在立刻說出來！」

知久眼泛血絲地揮著手。

「……知久，你之前說的那些話一直讓我很在意。就是那個晚上我們道別時，你所說的那些話。你當時說了一句『縱使我殺了人？』」

「我是說了，那又如何？」

「我怎樣都搞不懂，你為什麼會說出那種話來。隔天，當我知道井元先生被殺害的時候，我不由自主想起那句話也是正常的。你那時候看起來很認真——我會產生疑惑，懷疑該不會是你殺死了井元先生，也是無可奈何的事。」

知久沉默了下來，然後抓了抓自己的後腦杓，可是眼睛卻狠狠瞪著怜。

「如果沒有那句話，我想我應該不會懷疑你。縱使對方是奪走保奈美生命的人，我也絕對不會去想你是否犯下殺人罪。」

「鬼才相信你。」

「結果因為那句話，讓我無法不去懷疑你。」

「你愛怎麼懷疑就怎麼懷疑。」

「但即使預設你就是凶手，我還是無法理解那句話。」

無視知久的插嘴，怜用盡全力想表達出自己的想法。

「那時候早就已經過了死亡推測時間了。如果你就是凶手，代表早已經造下了犯行。當然，你並非是在猶豫要不要殺人。既然如此，又為何會說出那樣一句話呢？雖說對方是仇人，但殺死人的罪惡感讓你說出了那句話嗎？可是，後來你又十分冷靜地處理那具屍體，而且恩海車站附近的犯罪痕跡實在少得過頭了。如果殺人現場正是那家居酒屋附近，血跡之類的證據應該都被你相當妥善地清理乾淨了。明明你如此冷靜沉著，為何又非得說那句話不可呢？我非常納悶。」

「看來你已經單方面斷定我是殺人凶手了。」

「你看，就是這樣。」

怜朝知久的方向邁出一步，知久往後退了一步。

「因為那句話的影響，我徹底懷疑你。而那正是你的目的。」

知久的表情出現裂痕，並且明顯倒抽了一口氣。

「『縱使我殺了人？』——這句話，是針對站在這世上最容易察覺到真相的立場的我，所故意設計的誤導。我真的徹底被你騙倒了，知久。由於那句話的影響，讓我忽略了理應早早發現的真相。」

知久表情扭曲地往前踏出一步。然而，在他開口說話之前，怜先發制人。

「殺死井元和樹的人不是你，而是明乃對吧？」

13

「……你在說什麼？明乃沒有理由殺害井元吧！」

知久露出了令人不忍卒睹的惶恐，可是，怜不能在這時放緩進攻步調。

「她有動機啊。你和保奈美之所以會認識，原本就因為她是明乃的學姐，她們兩人認識的時間比你更久。連我也知道，保奈美生前與她的感情非常好……因為保奈美被撞死導致明乃憎恨井元先生，也不是不可能的事。」

「真是不入流的幻想！」

知久把手伸到背後，握住一把排放在牆壁上的竹刀，刀尖朝向怜。怜的眼角餘光看到光彌挺直了原本靠著牆壁的背。

「……別做這種蠢事。」

怜開口規勸，知久嘖了一聲後用竹刀敲了一下地板。劍道場內響起了沉悶的聲響。

「讓我聽聽你的推理吧。如果只是一些證據薄弱莫名其妙的發言，我會像你的上司那樣，對你處以應有的處分。就算你是我朋友，我也饒不了膽敢毀謗我妹妹的傢伙。」

「你真的很疼你妹妹呢。所以，那天晚上接到明乃打來的電話時，你也立刻就出手幫忙了。」

知久的臉色驟然一白。

「電話……」

「是啊。那時候，你真的是為了如廁而去廁所的吧。只不過在那段期間裡，明乃打了電話給你，並且應該說了『我在家裡殺死了井元』之類的內容。聽她描述完情況後，你說你要負責把屍體丟掉。這是因為明乃沒有駕照，無法辦到這件事。」

知久再度用竹刀敲了下地板。

「你去上廁所的時候有帶著手機，而且，後來你是從上衣口袋裡拿出手機的。」

「我只不過帶著手機去上廁所而已，虧你能把這件事誇大到這個地步。」

「那時候，你的臉色很差，整個人看起來也怪怪的。那不是因為你殺了人，而是因為你接到了明乃的那通電話。」

「到這裡為止，你完全沒有證據吧。」

「證據的事，我晚一點再說——總之，那時你整個人看起來很奇怪，我有提起這一點，你也明白自己沒有做好掩飾對吧？接著，你一邊和我繼續吃飯，一邊絞盡腦汁思考。後來大概過了一個半小時，你終於從當刑警的經驗裡明白，警方追究保奈美車禍的舉動是絕對無可避免的。」

知久不再反駁，只是發出呼吸聲。

「接著，你明白自己可能擁有了不在場證明，就連死亡推測時間的抓取範圍，你也比門外漢還清楚……但這時候，你卻碰上了一個很大的難題，那就是證人是我。」

「我聽不懂你在說什麼。」

「你應該很清楚才對。知久，假如你的不在場證明成立了，警方當然會改去找其他有動機的嫌疑犯。如果找不到，可能就會以強盜、街頭隨意殺人或者是路邊偶然發生爭執後動手殺人作結。而現實中，為了讓大家以為是小偷所為，你拿走了錢包裡的錢——但總而言之，你恐懼的應該是警察來找我進行偵訊，然後從我口中吐出明乃的名字。」

咚、咚！知久敲了兩下地板。

「我從以前就和你們家來往，很清楚你們的家庭關係，也知道明乃與保奈美非常親密——如果只調查車禍的簡略概要，是無法明白這些細節的。而當警察知道了車禍的事之後，他們會關注的人是誰？大概第一個是被害人的丈夫，接著是老家的父母吧。事實上，負責偵辦的刑警所告訴我的判定結果就是這樣。外人很難想得到，公公正史、小姑明乃對被害人的感情會深到想為她報仇。世上有多到數不盡的各種家族型態，我這只是指一般而言。」

怜抱著進行長跑的心情繼續往下說，同時期盼著可以快點抵達終點。

「對知久你而言，我既是不在場證明的人證，也是最容易聯想到真相的棘手人物。但即便得知明乃有殺人動機，也不代表一切都完了；即使有人指出明乃有動機，但只要佯裝不知情，也只會被列為嫌犯之一而已。可是，我不一樣。因為我親眼看到你做出可疑的舉動。加上這個前提後，再來思考『知久的不在場證明是真的，那麼凶手會是誰？』的話，真相就近在咫尺了。於是，你決定把自己塑造成第一嫌犯，藉此讓我無法聯想到明乃身上。」

「……你說的這些話，我不覺得有什麼意義。」

「是嗎？可是，那時候你是這麼想的，對吧？你的那句話——『縱使我殺了人？』是基於以上理由才說的。」

知久張口想說些什麼，卻又打消念頭般垂下了頭。

「接到明乃的電話後，你應該對她說了『過兩個小時後我再回家』吧。接著和我繼續聚餐，暫時先確保自己的不在場證明生效。但坦白講，當時你的心情應該是恨不得插翅飛回家才對。而之所以不那樣做，是為了不讓我發現誰打電話給你。要是我聯想到那一點，明乃就會變成最有嫌疑的人。」

「講一堆亂七八糟的，我根本聽不懂你的說明。」

知久單手拿著竹刀在半空中亂揮一通。

「再說，你根本就沒有證據，全都是『有可能是這麼回事』的空泛理論不是嗎？啊？」

「是嗎……可是仔細回想起來，沒有其他比這個更完美的推論了。殺人案發生在對年的隔天，加害者井元先生覺得沒臉出席參加儀式，但極有可能來佛龕前合掌參拜。而那時候，老師為了下圍棋出門去了，只有明乃一個人在家……」

「好了好了，所以說殺人凶手不是爺爺，而是明乃是吧？可是……」

「這裡離車站步行只要五分鐘，因此井元先生應該也是步行過來的。他的駕照可能已經被吊銷了，即使可以開車，這種情況下也不可能有人會開車來見遺族。所以說，你用不著擔心該如何處理井元的車。」

「可是，那也只是推測中的推測吧。」

「不好意思，請你聽我把『假設』說完。至於證據，則由他說明。」

怜伸手指了指光彌。知久看向光彌，眼神彷彿在說「對喔，你也在」。

「這個家政夫是何方神聖？」

「我只是普通的家政夫。」

光彌簡短回答後，以眼神示意怜繼續。

「那我就把推測說完吧……留下意義深遠的話與我道別後，知久你的第一步就是先回家，而在你回到家之前，屍體大概會先藏在佛堂的壁櫃裡。老師他坐著輪椅，所以不會進入鋪榻榻米的房間，不用擔心會被他發現。然後，等老師就寢後，你才回到家，把屍體搬出家裡，開車載到音野森林公園去。你和我是在九點十五分道別的，而屍體被放到公園的時間，最早也在十點五十分以後……這點讓我覺得很奇怪。如果直接前往音野森林公園的話，車程只需約二十分鐘，不可能會拖到那麼晚，所以說你到哪裡去了呢？……從你家到音野森林公園，單趟剛好一個小時左右。」

「從恩海車站到我家，再從我家到森林公園……如果走這樣的路線，時間就對得上了？你想的真仔細。」

知久的聲音裡幾乎已經沒有了情緒。

「所以說，我為了讓警方趕緊推算出死亡推測時間，便把屍體丟到天亮前就會被人發現的地點，然後回家睡大覺。你說完了吧？把證據拿出來給我看啊。」

他抬起下巴，朝光彌努了努。光彌沉著地往前踏出一步。

「洩漏出明乃小姐罪行的證據有兩個，第一個是水果刀。我在借用貴府廚房時，注意到水果刀特別地新，詢問過正史先生後，得知那是您買回家的。」

「是啊，是我買的，那又如何？和明乃一點關係都沒有，不是嗎？我把水果刀從家裡帶出去，用它殺死井元之後，因為上面沾滿了人血不能用了，所以買了一把新的回家……這麼想不是很自然嗎？」

「一點都不自然。倘若是有計畫性的殺人，不可能從家裡把刀子帶出去，因為其他家人肯定會發現刀子不見了。與其事成之後才買回家填補，應該一開始就買殺人用的刀，不是嗎？」

換句話說……光彌豎起手指做強調。

「我們應該這樣思考。水果刀就放在殺人現場的旁邊，因此才會突然被拿來當作凶器……這麼一想，殺人現場應該就在這個家裡。水果刀只是你幫忙買回來的。」

知久用竹刀敲打自己的肩膀。

「這就是證據？笑死人了。我買新水果刀的那一天，只是湊巧在案件發生隔日罷了。」

「這只不過是讓我心生懷疑的契機罷了，確定凶手身分則是因為榻榻米。」

知久的表情繃得死緊。

「榻榻米……？榻榻米怎麼了？」

「明乃小姐對怜大哥說，自己在佛龕前的榻榻米上打翻了味噌湯，而且是『打翻了要供養給佛祖的味噌湯』，但事實並非如此。您與她兄妹兩人『每個晚上』都會把『晚餐』拿到佛龕供養對吧？既不是早上，也不是中午——可是，案發前一天我才剛打掃完那間佛堂，把榻榻米擦得亮晶晶，一點汙垢都沒有。接著，那天晚上我煮了咖哩，當然我並沒有煮味噌湯。然後，正史先生說，案件發生當晚的晚餐是炸雞和披薩，而且全都是從外面買回家的，餐桌上不可能出現味噌湯。」

知久沉默不語地注視著滔滔不絕的光彌。

「案件發生後的隔天晚上，我煮了燉牛肉，怜大哥也看到了這道菜被拿到佛龕供養。那時候榻榻米已經被拆走了，而明乃小姐給出的解釋是『打翻了味噌湯』——可是過去這三天裡，沒有一天的晚餐有味噌湯。也就是說，明乃小姐說自己打翻了想拿去供養的味噌湯的說詞是假的。」

「為什麼要說那種謊話，原因一目了然。」

怜接過光彌的話尾往下解釋。

「因為那間佛堂就是殺人現場。加害者拜訪被害者遺族時，理所當然會被帶到佛龕前。腹部被刺傷的井元先生的鮮血大概流到了那塊榻榻米上……滲入蓆面紋路裡的血液只靠稍微擦拭是很難清除乾淨的，於是明乃小姐拆掉了榻榻米。但是，可以丟棄榻榻米的地方恐怕很難找到，所以它應該還藏在這片土地裡，例如現在無人居住的那棟白色別宅附近。」

這番話似乎變成了致命性一擊。

知久維持嘴巴半開的姿勢，不再組織語言。

——就在這時候。

「已經夠了，大哥。」

一道柔和的女性嗓音響起，場內三人齊齊看向劍道場入口，發現明乃正站在那裡。

「……因為怜大哥的表情很嚴肅，讓我很忐忑不安，所以我從中途就開始偷聽了。」

她的笑容中帶著對自己的鄙夷。

「你全都知道了對吧，怜大哥。」

「住口，明乃！不准說話！」

明乃對大吼大叫的知久緩緩地搖搖頭。她忍著痛苦垂下眼睛。

「對不起，大哥，人明明是我殺的，卻讓你背負了一切。為了保護我，你不但去丟棄屍體，還不惜放棄與怜大哥的友誼。你已經做的夠多了，謝謝你。」

「明乃……」

竹刀從知久手中滑落，在地板上彈起，發出沉悶的聲響。

「所以說，果然是妳……」

怜語帶苦楚地說道。為了把知久逼入絕境，他方才故意用十分肯定的語氣說話，然而，等真的聽到當事人自白時，腦中第一個浮現的想法卻是難以置信。

「是的。雖然我從中途才開始偷聽，不過怜大哥的推理全部正確。井元和樹是我殺死的。」

「……為什麼？」

明乃抬起低垂的視線，與怜四目相交。

「為了幫保奈美姐報仇。就只是為了這個原因。」

「可是，不管心中再怎麼恨他，像妳這樣溫柔的人……怎麼會去殺人……」

「我一點都不溫柔。不過，該怎麼說呢……膽小的我竟然會做出如此窮凶惡極的行為，連我自己都覺得很不可思議。大概是因為，保奈美姐的存在對我來說實在太過重要了吧。」

明乃突然抬起視線，瞇起了眼睛。

「我和怜大哥第一次認識，是在國中的時候吧。那時候的我頭髮超級短，看起來像個野丫頭。已經沒人會用這個詞彙了嗎？總之，那樣的我在升上高中轉換環境後，遲遲無法融入大家。」

明乃皺起臉，把頭髮往後撥，似乎覺得當時的自己很丟臉。

「我並不是遭到霸凌，而是和身邊的女生們在感性方面，或者說是興趣方面完全合不來。舉例來說，我完全沒想過自己會去喜歡某個男生……這些瑣事讓我非常煩躁，無論是對自己還是對其他人，我都有一種再也受不了的感覺。」

自從上了大學後，怜與明乃便有一段時間都見不到面。他萬萬沒想到，那段時間裡她會陷入那麼嚴重的牛角尖。

「因為我想在這裡——在我家的道場裡繼續學習劍道，所以也沒加入任何社團。可是，我卻慢慢地連劍道也無法集中精神去練習了。我找不到自己的容身之所，心底一直有一股不知來由的痛苦。在那樣的情況下，對我伸出援手的是學姐——保奈美姐。」

她似乎懷念起遙遠的過往，陶醉地瞇起了眼睛。

「總是窩在圖書館裡的我和擔任圖書股長的保奈美姐開始聊起天來。她比我過去所遇見的任何人，都還要溫柔地接納了我真實的面孔。她的腦海中塞滿了五彩繽紛的世界，該怎麼說好呢……她讓我感覺到一種深度。她知道的知識多得驚人，還會思考一些困難到讓人想暈倒的問題。她是一個很聰明的人，並且溫柔得令人不敢置信。」

保奈美還在世時，怜知道她們兩人的感情一直很好。可是，得知明乃對保奈美抱有如此濃厚的仰慕之情，他還是忍不住大吃一驚。

「我幾乎像是追逐般的考進保奈美姐就讀的大學。那時爺爺不准我離開家裡，我便去找她傾訴，結果她對我提議說『要不要一起合租房子呢？』……我的人生中，從來不曾像那一刻那樣高興過。和她住在一起的時候，每天都有新鮮的驚喜，我真的覺得好幸福。然後，大哥認識了保奈美姐。」

「……我很擔心明乃，就跑去她們兩人住的房子找她，那就是我們認識的契機。」

知久自言自語般說道。明乃沒有看他，猶自繼續訴說。

「我馬上就發現了保奈美姐對大哥產生好感，你們能明白那時候我心中複雜的心情嗎？那不是寂寞也不是嫉妒……我無法用言語去形容它。他們兩人開始交往，最後決定結婚。我雖然無法衷心感到高興，但心想這也不全然是壞事，因為這麼一來我就能和保奈美姐成為一家人了。我們可以繼續住在同一個屋簷下，可以陪伴在彼此身邊。從前我一直稱呼她『保奈美學姐』，後來我改稱呼她為『保奈美姐』，畢竟她是我的大嫂。」

就在這時候，明乃表情一沉，宛如天空降下了驟雨般。

「可是，我那小小的幸福卻被人破壞了。保奈美姐的生命被那個井元奪走了，我怎樣都無法原諒他。我覺得好傷心好痛苦，完全無法重新振作起來，而且，沒有半個人理解我的悲傷。在法會上以及提到關於她死亡話題的場面時，大家都對我說『妳大哥真可憐』、『妳要好好支撐哥哥喔』……我又只能獨自品嘗自己的心情。能接納我的心情的人，已經不在這個世界上了。」

看著明乃垂頭喪氣的模樣，怜想不出該說什麼話才好。

一直站在牆邊的光彌，靜靜地豎耳傾聽著明乃的自白。

「沒錯，正如怜大哥說的那樣，那天井元有來家裡。選在晚上六點出頭的時間，而且沒有事先預約，簡直沒有常識。我看到他之後腦袋變得一片空白，因為害死了一條人命卻沒有被關進監獄的這個男人竟然出現在我面前了。在我的想像裡，我不斷殺死他、把他從這個世界抹消掉。而且，因為前一天的對年他沒有來參加，我就一時疏忽大意了。」

明乃滔滔不絕地說著，似乎想把所有恨意發洩出來。

「得知大哥和爺爺都出門了，只有我一個人在家的時候，那傢伙露出鬆了一口氣的表情。光是回想一下就讓我火大。雖然我的腦袋一片空白，但還是請他進來家裡。就如同我剛剛說的，大家期待我扮演的角色不是失去了重要家人的被害者，而是『妻子年紀輕輕就死去的丈夫妹妹』，因此那一天，我也反射性地扮演起那個角色。而這就是一切錯誤的開始。如果當初我拿鞋子丟他，開口對他說『給我滾回去，以後別再讓我看到你！』就好了。那麼一來……我就不用殺死他了。」

知久蹣跚地走向明乃，想抱住她的肩膀，但明乃卻繃住身體不願回應。

「我把井元那傢伙帶到保奈美姐的佛龕前，一邊看著他上香，一邊拚命掩飾自己的表情。我同時在心底祈禱，希望這麼痛苦的時間快快結束……那傢伙肯定也是這麼想的吧。畢竟，他明顯就只是想創造一個自己有來拜訪遺族的既定事實而已。然後，家裡只有應該不會太傷心的『被害者丈夫的妹妹』在，我想應該讓他非常放鬆。」

明乃用力握緊了拳頭，幾乎連指甲都陷入了肉裡。

「我決定泡杯茶請他喝。面對來向遺族謝罪的人，一般人可能不會做這種事，但總之我的腦袋一片混亂就是了。井元跟著我走到廚房入口說『不用麻煩了』，我記不太清楚自己是怎麼回答他的。之後，井元開始找我閒聊，說些『現在是您一個人負責做家事嗎？真是辛苦』之類的。我實在很懷疑他的神經是怎麼長的。不過，我也有錯。為了想辦法撐過那段時間，我不但沒有生氣，甚至還對他擠出笑容。看到我心平氣和地回應，他就越聊越起勁了。」

那一幕彷彿真實地浮現在怜面前。因為不知道遺族會怎麼臭罵自己，於是井元戰戰兢兢地前來拜訪，結果出現的是被害者丈夫的妹妹。而且，對方還沒有表現出任何憤怒或傷心的情緒，平靜地接待他。井元當時肯定鬆了一口氣。

「話說回來，為什麼他有辦法對遺族說出『您在哪裡上班呢？』、『年關就要到了呢』這種沒意義的話呢？我心想，他該不會忘了自己所處的狀況了吧，同時設法保持平穩的語氣對他說『其實我還沒有原諒你，因為我也非常喜歡我的大嫂』。唉，如果那時候我能直接怒吼出來就好了……因為我盡全力想平和地度過那段時間，導致他也能若無其事地說出那種藉口。他的說法是這樣的，我至今連一個字都忘不了——『對不起，我沒想到您和大嫂的感情不錯……』。」

怜產生一種窒息般的感覺。那句話聽在敬愛保奈美的明乃耳中，是多麼的殘酷啊。

「我覺得自己好像能看穿他大腦裡的想法。大嫂與單身的妹妹同住一個屋簷下，彼此的感情肯定很疏離，不可能相處融洽——他心底大概有這樣的偏見吧。聽到他說那種話，我失去了克制自己的理由。當井元說『我差不多該告辭了』，然後回到佛堂去拿大衣時，我一把抓起放在水槽裡的水果刀，朝他追過去，然後——」

明乃大大吐出一口氣，肩膀上下抖動。

「我想了想，要說我有哪裡後悔……就是在保奈美姐的佛龕前咋出那種野蠻的舉動吧。」

「……怜，你聽我說，這一切都是我的錯。」

知久搖搖晃晃地走向怜，然後抓住他的衣領。

「明乃那時候打電話給我，說她『做了無法挽回的事』，還說『我殺死了井元，現在只能去自首了』。然後，她對我說了和剛剛那些差不多的一番話。於是我對她提議『妳不必被警察抓走，屍體由我來丟掉』。這都是我的罪過。」

「……其實我也很後悔。」

怜抱著痛苦到不行的心情說道。

「你跟明乃講完電話的那個時間點，還不算是罪犯。明明注意到你的樣子看起來怪怪的，我卻不知道該對你說什麼……我後悔得要死。」

知久震驚地瞪大了雙眼，然後用力閉上眼，淚珠滲出眼眶。

「大笨蛋，你又沒做錯什麼。你太溫柔了啦……怜……」

他跪倒在地，摀住了臉。明乃咬住嘴唇，不停地搖頭。

「對不起，大哥……對不起，都是因為我殺了他……爺爺太可憐了，怎麼辦？怎麼辦？」

關於這一點，怜也束手無策。雖然當初他下定決心要揭發真相，可是當一切全都暴露在陽光底下後，他的指尖卻又再次出現顫抖的跡象。

光彌彷彿察覺到這一點，不知不覺間來到了怜的身旁。

「真的辛苦你了。」

他用只有怜聽得見的聲音慰勞對方。

14

那個晚上，知久與明乃一同前往警察局自首。自首前，他們在正史面前坦白了一切。

「兩個蠢蛋。」

這句話是正史努力擠出來的。他流著眼淚摸了摸兩個孫子的頭，彷彿在摸兩個年幼的小朋友。

接著，怜試著說服正史離開家裡。

「接下來會有報章媒體一波接著一波闖上門，那些沒良心的好事分子肯定也會出現，或許還會有人丟石頭也說不定。」

可是，無論他怎麼用力勸說，正史都充耳不聞。

「有罪的不光那兩個孩子，還有我。我原本是想把他們養育成不會做壞事的認真孩子，可是這一路走來，我卻把變強的想法過度施加在他們身上了。就連他們的媽媽去世時，我也只是一味對他們說趕緊振作起來、不准哭、媽媽會難過，結果害知久崩潰了。保奈美出意外的時候，我有想要反省一番，結果卻還是對明乃說出『妳要好好支撐知久喔』，完全沒發現那孩子陷入苦惱……我要好好贖罪。不逃不躲，就在這裡彌補自己的罪行，否則無法給留在道場的孩子們做一個好榜樣。」

因為這個緣故，結果正史留在了家中。

隔天、再隔天，怜都去拜訪他，觀察他的狀況。報章媒體在附近蠢蠢欲動，有時候還找怜搭話，於是怜出示警徽讓他們安靜下來。

——就在這片忙碌中，今年的最後一天轉眼間到來了。

年末的手忙腳亂終於告一個段落，十二月三十一日這一天的氣氛反而意外地悠哉。至於交通課，則是再度忙成一團。

由於沒有特別大的麻煩發生，於是怜得以在傍晚五點時踏上歸途。但相對的，隔天元旦日他必須一早就上班。

「我明天放假，工作就拜託你了，連城。」

土門心情愉悅地送部下離開。對身為模範丈夫又寵愛女兒的他來說，可以和家人一起去新年參拜，應該讓他高興得不得了。為了他，怜在心中祈禱明天不會發生任何案件。

當怜走到一樓時，島崎也剛好走進玄關大門。

「啊，幸好能湊巧碰到你。可以耽誤三分鐘和你說些話嗎？」

島崎身上穿著充滿時尚感的白色大衣，開口這樣說道。怜回答「當然可以」後，很不好意思地抓了抓頭髮。

「那個……對不起。」

「你是為了什麼而道歉呢？」

「為了我擅自勸知久和明乃去自首的事。」

「不用道歉，我們警察不會因為凶手在被逮捕前先去自首，就覺得臉上無光。不過，其實我也不是沒想過，希望你能事先通知我一下。」

雖然被島崎刺了一下，但對方看起來並不怎麼生氣。

「關於我想找你說的事情是，首先，文月兄妹被送往檢察署了。警方的偵訊工作進行得很順利，如果能保持下去，應該能在那裡留下不錯的印象。」

「這樣啊……可是我短時間內見不到他們對吧？」

「沒錯。但請你不用擔心，他們兩位的精神都很穩定，似乎已經做好面對自己罪行的覺悟了。」

「是嗎……能聽到這些消息真是太好了。呃，請問您是特地來告訴我這些消息的嗎？」

「嗯。還有，我想要感謝你。」

她這麼說完後，朝怜深深一鞠躬。

「謝謝你。我非常感謝你為我們查明案件真相。」

「哪、哪裡，您太客氣了！」

「我只是想傳達這幾件事。那麼，告辭了。」

島崎似乎真的只是來道謝而已。看著她迅速轉身離去，怜不由自主開口呼喚：「島崎前輩！」島崎轉身看了過來。

「祝您有個美好的一年。」

她一臉詫異地眨了眨眼，然後彎腰鞠躬。

「嗯，祝你有個美好的一年。」

＊＊＊

「除夕日說『祝您有個美好的一年』好像不太恰當耶，你知道嗎？」

光彌一邊不停動著料理長筷一邊低聲說著，怜忍不住停下了擺放餐具的手。

「咦……真的嗎？我今天四處對大家說耶。」

「我也是今天從文學院的朋友那裡聽說後，才知道這件事。我從來沒想過『祝您有個美好的一年』的意思，但似乎裡面有許多深遠的典故……總之，語言就是會隨著人們的使用，意思跟著有所變遷。」

他們兩人決定一起吃跨年蕎麥麵。

地點在怜的家。附帶一提，家事服務公司〈MELODY〉在年尾年初並沒有營業，光彌是以朋友的身分到怜家裡來的。

由於知久一案才剛發生完不久，導致怜實在提不起勁慶祝新年。但出人意表的是，光彌堅持兩人一起過新年。回想起來，他應該是在關心心情沮喪的怜吧。

「我問你，光彌，你有沒有被棘手的報章媒體或好事分子騷擾呢？」

為了照顧正史，光彌現在仍會定期前往文月家。怜突然擔心起他來，於是試著詢問一下。

「有啊，今天有報社記者找我搭話，但我沒理他……」

「這樣啊。萬一有傢伙傷害你，你要跟我說喔。」

光彌赧然地笑著點頭。

「麵煮好囉，怜大哥。」

「好，謝謝……我這裡也擺好了。甩湯汁時要小心喔。」

然後，兩人隔著餐桌面對面而坐。

「光彌，謝謝你。因為有你在背後推我一把，我才能和知久面對面把話說開。由於他們犯下的罪，導致他們的未來不會太樂觀，但我還是……一直希望他們能打從心底重新振作起來。」

「嗯，他們一定可以的。」

關於案件的對話就到此結束，兩人靜靜地吃起了蕎麥麵。

「怜大哥，明天你也要上班嗎？」

「嗯，是啊，六點就必須出門了。」

「那我也得早點起床才行……」

光彌今晚借住在怜家裡。這讓怜回憶起高中時代，他與知久常常互相到對方家裡過夜，並且講一些無聊的話題講到很晚。

不過，面對光彌這個年齡差距大的朋友，他還在摸索相處之道。

他感覺到兩人的距離已經有所靠近，可是，他還無法為這種關係定下名稱。但他開始覺得，無法定下名稱也無所謂。

舊的一年結束，新的一年即將開始。

「怜大哥？怎麼了嗎？」

坐在怜對面的光彌悄悄歪了歪腦袋。

怜回視他的臉，一邊笑著說「沒事」。

與此同時，他在心底堅定地想，自己要好好珍惜這份關係。

——《家政夫是名偵探！2　冬季解謎與大掃除》完

後記

本書是家政夫光彌與刑警怜組成雙人拍檔的推理事件簿第二集。

不過，為了讓大家即使沒看過上一集《家政夫是名偵探！》也能快樂地閱讀這本書，所以創作時我有特地做了安排，如果有人想從本集開始看起也很歡迎。

我想與大家稍微聊聊這次收錄的三個故事。

本書一開頭的〈少年與縱火狂的問題〉，其實是身為作者的我私底下喜愛不已的得意之作。我一直想寫一篇以少年作為謎團中心的作品，這次終於實現了這個願望。作為一部推理小說，我理想中的狀態是能讓看出八成真相的人，在剩餘的兩成謎團中產生「咦，劇情竟然是這樣發展嗎！」的驚訝感——但究竟有沒有順利達成目標，只能靜等看完本書的各位讀者做出評語了。

至於下一章〈出現屍體的問題〉，在完成故事架構的那個時間點，我曾想過它也許會有點難以寫成一篇故事。因為，如果想把推理故事的情節設計擺在第一位，它顯然會變成一篇「艱澀」的故事。

光彌的死黨・蘭馬是我為了盡量中和故事的淒慘度而創造的角色。他是一個開朗又帶著一點單純的帥哥（原先我是想這麼寫）。我徹底喜歡上這樣的蘭馬。我原本想讓他也在第三章登場，但最後卻沒有順利創造出讓他出場的機會，真是可惜。如果光彌和怜的故事還有「後續」，蘭馬應該也會更加活躍。

接著來說最後一章〈聖誕夜的殺意與友情的問題〉。這是本書壓軸的一個充滿震撼力的故事……抱著這樣的想法，我設計了一個「怜和犯了罪的朋友進行對決」的作品。雖然想到了這些主意，但腦中卻遲遲沒有浮現構成推理故事核心的靈感，實在讓人痛苦不已。

從上一集開始，我就一直描寫「光彌在怜心中的重要性」，而在這一章裡，我終於可以描寫「對光彌而言，怜是怎樣的存在？」其實我也是一邊寫，一邊驚嘆「咦，原來光彌是這麼想的啊」，不知道大家怎麼看呢……

最後是感謝時間。從上一集開始負責帶領我的責任編輯山田與定家、畫出超級漂亮的插圖的スオウ老師，以及閱讀本書的各位讀者，真的非常感謝你們。希望未來能有機會再與大家見面。

二〇一九年十一月　楠谷佑

高寶書版集團
gobooks.com.tw

LN008
家政夫是名偵探！冬季解謎與大掃除
家政夫くんは名探偵！冬の謎解きと大掃除

作　　者　楠谷佑
繪　　者　スオウ
譯　　者　蕭嘉慧
編　　輯　薛怡冠
美術設計　陳思羽
排　　版　彭立瑋
企　　劃　方慧娟

發 行 人　朱凱蕾
出　　版　英屬維京群島商高寶國際有限公司台灣分公司
　　　　　Global Group Holdings, Ltd.
地　　址　臺北市內湖區洲子街88號3樓
網　　址　www.gobooks.com.tw
電　　話　(02) 27992788
電　　郵　readers@gobooks.com.tw（讀者服務部）
傳　　真　出版部　(02) 27990909　行銷部 (02) 27993088
郵政劃撥　50404557
戶　　名　三日月書版股份有限公司
發　　行　三日月書版股份有限公司 / Printed in Taiwan
初版日期　2022年9月

KASEIFUKUN WA MEITANTEI! FUYU NO NAZOTOKI TO OSOJI by Tasuku Kusutani

Original Japanese edition published by Mynavi Publishing Corporation
This Traditional Chinese edition is published by arrangement with Mynavi Publishing Corporation, Tokyo
in care of Tuttle-Mori Agency, Inc., Tokyo, through AMANN CO., LTD., Taipei.

裝　幀　前田麻衣＋ベイブリッジ・スタジオ
格　式　ベイブリッジ・スタジオ
ＤＴＰ　富宗治
校　正　株式会社鷗来堂
印刷・製本　中央精版印刷株式会社

國家圖書館出版品預行編目(CIP)資料

家政夫是名偵探!. 2, 冬季解謎與大掃除 / 楠谷佑著；蕭嘉慧譯.-- 初版. -- 臺北市：英屬維京群島商高寶國際有限公司臺灣分公司出版：三日月書版股份有限公司發行, 2022.09- 冊； 公分. --

譯自：家政夫くんは名探偵！冬の謎解きと大掃除

ISBN 978-626-7152-01-0(第2冊：平裝)

861.57　　111006190

三日月書版

三日月書版

GOBOOKS
& SITAK
GROUP©

GOBOOKS
& SITAK
GROUP©